de espantos y aparecidos

Serie Mitología,
leyendas e historia
Colección Librería

**BLUE ISLAND
PUBLIC LIBRARY**

Historias reales de espantos y aparecidos

Sergio Gaspar Mosqueda

EMU *editores mexicanos unidos, s.a.*

D. R. © Editores Mexicanos Unidos, S. A.
Luis González Obregón 5, Col. Centro,
Cuauhtémoc, 06020, D. F.
Tels. 55 21 88 70 al 74
Fax: 55 12 85 16
editmusa@prodigy.net.mx
www.editmusa.com.mx

Coordinación editorial: Mabel Laclau Miró
Diseño de portada: Carlos Varela
Formación y corrección: Equipo de producción de
Editores Mexicanos Unidos

Miembro de la Cámara Nacional
de la Industria Editorial. Reg. Núm. 115.

Queda rigurosamente prohibida la reproducción
total o parcial de esta obra por cualquier medio
o procedimiento, incluida la reprografía y el tratamiento
informático, sin permiso escrito de los editores.

1a edición: agosto de 2012
1a reimpresión: enero de 2013
ISBN (título)   978-607-14-0901-0
ISBN (colección)   978-968-15-0801-2

Impreso en México
Printed in Mexico

Los fantasmas de la Marquesa

Los hechos sobrenaturales han estado presentes en todas las culturas desde los albores de la humanidad, y a la luz de las propias creencias religiosas y tradicionales, se ha querido dar una explicación a tales fenómenos. ¿En realidad los muertos nos visitan? ¿Pueden, quienes han fallecido, escapar del cerco del más allá y visitarnos, o pueden otros seres espectrales venir de dimensiones desconocidas para irrumpir en nuestra vida cotidiana y hacerla insoportable, por el miedo que genera en nosotros todo lo desconocido?

Estas preguntas las contestarían afirmativamente los miembros de un grupo de excursionistas que decidieron poner sus tiendas de campaña en la famosa Marquesa, bosque húmedo ubicado a unos minutos de la ciudad de México, donde, al lado de la carretera, hay innumerables restaurantes y fonditas, donde se degustan gran variedad de exquisitos platillos, entre ellos la trucha, que se cría en la misma zona, así como mixiote de conejo, cecina y sopa de hongos o de médula.

Pues bien, un 30 de octubre, Álvaro Rojas y sus amigos de la prepa decidieron ir a este parque para practicar el campismo. De entre las diferentes planicies del sitio, escogieron el Valle del Silencio para armar sus tiendas de campaña. Se repartieron las actividades: se indicó quiénes irían por leña y prepararían el fuego, quiénes se encargarían de preparar los alimentos y quiénes harían la primera guardia.

Todo marchó sin contratiempos hasta que la noche empezó a llegar, pues entonces todos comenzaron a sentir un frío que entumía los huesos.

Inmediatamente salieron a relucir chamarras y cobijas y se alimentaron con mucho más leña las fogatas, alrededor de las cuales se animó la reunión con guitarras y un poco de alcohol.

A eso de las once de la noche algunos jóvenes empezaron a entrar en sus tiendas para descansar, pues realmente había sido agotadora esa jornada, que había empezado desde temprano en sus lugares de origen, al norte de la ciudad de México.

—Y bueno, ¿quiénes iban a hacer la primera guardia? —preguntó Álvaro, pero nadie le contestó; el frío se había hecho insoportable y los elegidos para el primer turno de vigilancia prefirieron hacerse los desentendidos e irse a dormir a sus tiendas.

Álvaro igualmente se metió en su bolsa de dormir, en la tienda que compartiría con otros tres excursionistas, pero estaba un tanto preocupado. ¿Realmente sería seguro este paraje?, se preguntó, pero decidió desentenderse de toda aprehensión e imitar a sus compañeros, que ya roncaban.

El calor que le proporcionaba su bolsa hizo que pronto se sintiera laxo. Los párpados le pesaban mucho y dejó caer los brazos a lo largo del cuerpo. Justo cuando sentía que el sueño lo absorbía, escuchó a lo lejos ruido de caballos, luego gritos, muchos gritos de jinetes enfurecidos. Los sonidos parecían provenir de lo espeso del bosque y aproximarse a toda velocidad.

Todos los muchachos a un tiempo se incorporaron en sus bolsas y aterrados, pensando que iban a ser arrollados por una estampida de corceles, se prepararon para salir corriendo. Pero en cuanto Álvaro descorrió el cierre de su tienda, se halló con el paraje totalmente solitario. El silencio se había hecho de repente.

Tras unos segundos de duda, el joven, empujado por los demás, al fin se decidió a salir. De las otras tiendas los veían con temor, pero pronto todos estaban revisando el paisaje y comentando entre ellos el hecho inexplicable.

Casi todos hicieron una misma pregunta:

—¿Oyeron eso?

—Eran caballos, muchos; ¿cómo habrán desaparecido tan pronto?

—¡Sssh, cállense! —pidió de pronto Álvaro—. ¿Escuchan? Vienen otra vez, son muchos jinetes.

En un segundo, parecía que los tenían justo encima de ellos. Voces espectrales gritaban claramente palabras como "¡Disparen!"; "¡Ahí, chinacos, se les va!"; "¡Carga al flanco derecho!". De pronto sonaron como golpes de espadas y tiros de fusil.

Todos los jóvenes, sin tener ante sí más que la oscuridad de la noche, muy helada, por cierto, se metieron de nuevo en sus tiendas y las cerraron, para no volver a salir sino hasta que vieron la luz del sol, pese a que aquel fenómeno no duró demasiado, pues en cosa de minutos ese ruido de caballos y gente se fue desvaneciendo poco a poco.

Apenas clareó, los jóvenes, ojerosos porque habían pasado toda la noche en vela, cubriéndose la cara con sus mantas o sus chamarras, recogieron todas sus cosas y como almas que lleva el diablo salieron de ese paraje a todo lo que daban sus piernas.

La explicación de este hecho sobrenatural, el cual creemos que puede constatar cualquiera que se atreva a pasar la noche en el sitio elegido por los excursionistas, es que en este sitio, el cual se llama en realidad Parque Nacional Miguel Hidalgo y Costilla, se dio la llamada Batalla del Monte de las Cruces, durante la guerra de Independencia. En dicho acontecimiento, las fuerzas insurgentes comandadas por Hidalgo vencieron a los realistas al mando de Torcuato Trujillo. Esto fue el 30 de octubre de 1810.

Las monjas adimensionales

Hablando de La Marquesa, recordamos otro suceso que se dio en el llamado Valle de las Monjas, muy frío, por cierto, pues su temperatura media anual fluctúa entre 10 y 12 grados centígrados. Este valle colinda con el Desierto de los Leones, donde hay un antiguo convento.

Sarita Sánchez, mujer madura, destacada publicista y amante de los deportes, se encontraba en La Marquesa acompañada de su esposo. Habían enganchado una casa rodante a su camioneta y se habían divertido de lo grande, andando a caballo, en bicicleta y en motocicleta, además de haber presenciado una emocionante carrera en este tipo de vehículo motorizado. Cuando se disponían a dormir, de pronto le entró una aprehensión, así que salió a dar una vuelta por el silencioso valle. Subió una pequeña colina y contempló la luna y las estrellas. Empezaba a sentirse en sintonía con el Universo, con la naturaleza que tanto amaba, cuando de entre los árboles vio surgir una mujer con hábito negro y blanco. Aquella aparición avanzaba muy aprisa, y fue seguida de una verdadera procesión.

El silencio en el valle entonces se hizo absoluto. Ni las aves se atrevían a arrullar entre el ramaje. Una nube cubrió la luna y la oscuridad se hizo casi total. De pronto, Sarita las tenía ya aquí, avanzando junto a ella. Se veían normales, en su rostro parecía dibujarse la paz de haber contraído nupcias con el Señor, pero un aire helado se coló hasta los huesos de la testigo, que de súbito se dio cuenta de que era imposible que las mujeres aquellas hubieran hecho el recorrido de varios kilómetros en tan poco tiempo.

La procesión de monjas prosiguió sin que al parecer las mujeres se dieran cuenta de la presencia de la testigo.

—Virgen santa —se decía Sarita persignándose una y otra vez—. Esto no es verdad, esto no puede suceder.

No quiso esperar a ver en qué paraba todo ello, y se puso en camino hacia el remolque, donde ya su marido dormía.

Aún tuvo valor la mujer para asomarse por una ventanilla en dirección a donde había visto por última vez a aquellos seres con hábito, más sólo descubrió el valle solitario.

Como ella, muchos visitantes que de noche se han atrevido a recorrer La Marquesa, han visto a monjas con hábito antiguo, de hace cientos de años, marchar solas o en grupos.

Al estar escribiendo esto, me enteré de otro hecho escalofriante sucedido en este mismo sitio:

Un grupito de excursionistas, todos ellos muy jóvenes, pues el mayor no rebasaba los 20 años, fueron a divertirse al Valle de las Monjas. José Ramírez era de los más alegres y se ponía a organizar diversas actividades cada que veía que el grupo decaía en ánimo.

—Vamos, ¿qué les pasa? ¿Para qué vinimos tan lejos si vamos nomás a estar viéndonos las caras?

De pronto notó que su prima Aurora, la más joven de los ahí reunidos, se había puesto muy pálida.

—Primita, ¿qué tienes? ¿Te sientes mal?

Por su corta edad: 14 años, no le creyeron lo que dijo que vio:

—Ay, acabo de ver algo entre esos dos árboles. Si quieren, no me crean, pero vi que pasó una nubecita blanca con forma humana.

Las burlas no se hicieron esperar.

Tras agotarse las risas, ante las que Aurorita estuvo a punto de echarse a llorar, jugaron volibol, algo de beisbol y al fin se sentaron a comer en unas banquitas de madera. Era lo último que harían antes de retirarse, pues ya eran cerca de las cinco de la tarde y no querían que las sombras los atraparan en esa arboleda. La claridad de la atmósfera era pasmosa, así que aprovechando la buena luz reinante, los chicos empezaron a sacar fotos.

José tuvo la ocurrencia de retratarse abrazando a Aurorita. El muchacho ya se sentía incómodo por la culpa de haber participado en la burla general contra ella. Pero, a fin de cuentas, ¿qué otra cosa hubiera podido hacer? Sólo un ánimo tan impresionable como el de una adolescente de su edad podía generar en la imaginación espectros a plena luz del día.

Pues bien, Aurora se dejó abrazar, sentándose en la orillita de la banca mientras José sonreía ampliamente, más en sólo instantes los rostros de todos los demás se pusieron serios. Pasaba algo raro.

Sucedía que todos los que rodeaban a la parejita de primos veían detrás de ellos una mancha blanca que semejaba una tela transparente colgada de un soporte invisible, o bien…, una monja espectral con hábito. Algunos se frotaron los ojos para enfocar mejor, pero aquello blanco seguía flotando detrás de la parejita.

Días después, al llevar a revelar el rollo, Manuel, el dueño de la cámara, estaba muy nervioso.

Él era el más angustiado por lo que se hubiera podido captar en su cámara, debido a que, a diferencia de los demás, creyó percibir, además de la cosa blanca, dos como manchas a la altura de donde estarían los ojos en una persona, pero lo peor de todo es que en esos "ojos" había una expresión de maldad diabólica.

En cuanto recibió las fotos, el muchacho se puso a revisarlas, hasta que encontró las dos que tomó a José y Aurora. En la primera los chicos apenas estaban preparándose para la foto y no se veía nada extraño, en tanto que en la segunda toma… ¡Ahí estaba ese ser, esa monja demoniaca!, y, contra lo que quiso suponer el muchacho, los ojos de aquel espectro no se podían confundir con hojas de los árboles o cualquier otro objeto de los alrededores.

Al enseñarle la foto escalofriante a quienes habían ido a la excursión, consiguió ponerlos serios a todos, pero sobre todo preocupó a José y Aurora. ¿Traería alguna consecuencia el que aquel ser hubiera posado detrás de ellos? ¿No los perseguiría o les haría maldades en las noches?

Pero hasta el día de hoy todo parece haber marchado normalmente en las vidas de los dos primos, a no ser que… las enfermedades constantes entre los Ramírez sean una consecuencia de aquella aparición, entre ellas un caso de epilepsia.

La niña fantasma de Guanajuato

A espaldas de la Alhóndiga de Granaditas hay una casa de huéspedes de aspecto colonial, como el de casi toda la ciudad de Guanajuato. Y en uno de los cuartos de dicha construcción se aparece el espectro de una niña rubia.

Quien esto nos refirió, Edelmira Rojas, se hospedó en esa habitación aterradora en el año 2005. Iba en compañía sólo de su hija Graciela, de 17 años. La primera tarde que pasaron ahí, tras visitar algunos sitios turísticos de la bella ciudad, no pasó nada anormal, pero luego de intercambiar sus apreciaciones de la jornada, y cuando se disponían a salir a cenar, Edelmira vivió el primer hecho inexplicable que hasta el día de hoy le hiela la sangre al sólo recordarlo.

Sucedió que ella había apagado la luz y se disponía a salir al pasillo, donde ya la esperaba Graciela, cuando recordó que había dejado la llave de la habitación sobre el tocador, así que regresó sobre sus pasos, sin haber encendido de nuevo la luz. Justo cuando tomaba la gran llave, sintió a las claras que una mano pequeña, como la de una niña de nueve o diez años, rodeaba la suya firmemente. Esa mano estaba muy fría. Aterrada, Edelmira gritó y dio un brinco, dejando caer la llave, y al girarse para recogerla, a la luz del pasillo descubrió en la luna del tocador una figura grisácea de un poco más de un metro de estatura. Justo en ese momento, Graciela encendió la luz y el espectro desapareció de inmediato.

Con cara de enfado la chica dijo a su progenitora:

—¿Y ahora qué mosca te picó? Vámonos, que tengo mucha hambre.

Edelmira comió con poco apetito y dejó casi todo el guisado. Fue al baño de la fonda en la que cenaban y estuvo a punto de vomitar, del terror que aún no dejaba de hacer sentir sus efectos.

No le había contado nada a su hija, por no meterle miedo, pero esa noche caminó como condenada a muerte a la habitación que habían alquilado por dos noches.

Ya frente a la puerta, le dio la llave a Graciela y le dijo con voz débil:

—Abre tú y enciende luego luego la luz, ¿eh? Y no te vayas a espantar si ves algo raro.

—Pero, ¿qué te pasa, 'má? ¿Estás loquita o qué?

La chica decía esto mientras hacía girar la llave en la chapa y penetró con paso seguro.

—¡Que prendas la luz!

—Ay, hazlo tú. Yo me voy a acostar. Estoy bien cansada, ahora sí que caminamos mucho.

El cuarto contaba con tres camas alineadas contra la pared del fondo.

Edelmira prefirió respetar la decisión de su hija de acostarse de una vez y no encender la luz, pero, tras tenderse Graciela en la cama de en medio, la joven mamá escuchó un crujido en la cama del fondo, que no ocuparían, como si alguien se acabara también de acostar en ella. Entonces, asustada de nuevo, encendió la luz. No hubo protestas, pues la muchachita ya roncaba. ¿Cómo podía tener esa sangre fría, luego de haber visto a las famosas momias? Pero, ¿nada les sucedería esa noche? Y ¿si sólo había sido su imaginación? Ella se consideraba muy impresionable. ¡Pero no! Claramente sintió una mano infantil, la cual estaba heladísima, como la de un muerto.

Entonces empezó a removerse en su cama, que crujía a cada giro que hacía, viendo con miedo el techo y las paredes del lugar, y sobándose la mano en que aún sentía el frío del más allá, cuando de pronto sintió como si unos dedos de hielo tocaran su pie izquierdo, que había quedado parcialmente fuera de la sábana.

Inmediatamente recogió las piernas y se cubrió aún más, hasta apenas dejar descubierto un ojo, para atisbar posibles peligros provenientes de ultratumba.

Estuvo despierta hasta eso de las cinco de la mañana sin que nada anormal volviera a sucederle. El agotamiento al fin la venció y pudo descansar unas horas.

Al despertar, se desperezó y durante unos segundos ningún mal recuerdo la intranquilizó. El sol ya atravesaba los visillos. Decidió voltearse para ver si su hija se había despertado ya, pero mientras se giraba recibió un golpe en la cara con una pesada almohada. Se disponía a reclamar a su hija esa broma, cuando escuchó que jalaban la cadena de la taza del baño y descubrió que la joven no estaba en su cama. Además, vio, aterrada, que la almohada que tenía en las manos era la de la cama del fondo. De inmediato arrojó lejos de sí el objeto movido por fuerzas del más allá. Justo en ese momento Graciela salía del baño, tarareando tranquilamente una melodía de moda.

—¿Y ora tú, qué te pasa? —dijo extrañada a su mamá—. ¿Por qué avientas esa almohada al piso?

—¡Graciela, por favor, siéntate! Tengo que decirte algo. Aquí están pasando cosas extrañas.

La chica escogía la ropa que luciría ese día.

—¿No te digo que a ti se te va la onda? —la joven se dispuso a regresar al baño para ducharse—. Y ándale, apúrate, que quiero ir a desayunar antes de visitar la Alhóndiga. Está acá a la vuelta.

—Hija, escúchame, ya me han pasado varias cosas muy extrañas. Creo que hay un fantasma en…

La joven soltó una carcajada y siguió tarareando la canción que había interrumpido.

Al quedarse de nuevo a solas, mientras escuchaba el correr del agua en el baño, Edelmira cerró los ojos e, hincada sobre la cama, se puso a rezar un padrenuestro, pero dejándolo por momentos para atisbar los rincones, temerosa de un nuevo ataque, quizá ahora realmente peligroso.

Ya en la calle, al sentir de nuevo los rayos del sol sobre su cuerpo recién aseado, la mamá se sintió más tranquila y preguntó a Graciela:

—Bueno, ¿y qué?, ¿tomamos un taxi o cómo nos vamos a la Alhóndiga?

—No, mamá, está aquí a la vuelta, a espaldas de nuestro cuarto.

Edelmira se estremeció. Recordó todos los hechos sangrientos que habían tenido lugar en ese antiguo granero, que también llegó a ser cárcel durante el virreinato. ¿De modo que por eso espantaban en la casa de huéspedes? Pero ese mismo día hallaría otra explicación al hecho. Tras visitar el antiguo edificio de la Alhóndiga de Granaditas, hoy museo regional, Edelmira dejó que su hija fuera a comer algo mientras ella entraba a un café internet para tratar de hallar explicaciones a lo que estaba viviendo.

Buscó infructuosamente información sobre la casa de huéspedes en que estaba hospedada con su hija, pero al ir de una página web a otra, halló un dato muy interesante: el desbordamiento de la Presa de la Hoya. Cabe anotar que ésta es muy antigua, pues fue en julio de 1741 cuando iniciaron las pláticas para su construcción en el Ayuntamiento. La iniciativa fue de don Vicente Manuel Sardaneta y Legaspi, primer marqués de San Juan de Rayas, convencido de la apremiante necesidad de que hubiera una construcción de ese tipo para abastecer de agua a la población.

La presa comenzó a hacerse en agosto de 1742 y siete años después estaba concluida. Pero no pasó mucho tiempo para que desbordara e inundara tanto túneles de minas como a la ciudad misma de Guanajuato, produciendo numerosas muertes, entre ellas, muchas de niños. En una ilustración que representaba la época de la gran inundación, Edelmira pudo reconocer los alrededores de la Alhóndiga de Granaditas, en que el agua había subido hasta niveles alarmantes. Seguramente en la casa en que se alojaba habían muerto algunas critauritas.

Esa noche, todavía consternada por haber descubierto la causa de los hechos anormales que se habían dado en su habitación, Edelmira comió poco y se fue a acostar, deseosa de salir al día siguiente lo más temprano posible de aquel lugar.

—¡No apagues la luz! —dijo a su hija cuando ésta se disponía a hacerlo.

—¡Ya, mamá! Sabes que no puedo dormir con la luz prendida —y accionó el interrumpo para dejar el cuarto en penumbras.

Edelmira no tenía ni ánimos de protestar y se cubrió completamente la cara para tratar de dormir.

—Dios mío, que ya no pase nada, por favor. Permite que esta noche pueda descansar.

Dios escuchó su súplica, pues esa noche Edelmira no tuvo ningún contacto directo con seres del más allá, pero soñó algo muy raro: una niña rubia, con trenzas y de alrededor de 10 años, entraba al cuarto, que tenía la luz encendida, mientras ella y su hija dormían plácidamente, y se paraba ante su cama para observarla, primero con una sonrisa y después con un gesto de profunda tristeza. Luego la visitante se inclinaba hacia ella y le tomaba con curiosidad una mano. Al contacto de los dedos helados de la niña, Edelmira despertó asustada y miró hacia todos lados, pero, a la luz de la luna que se filtraba por la ventana, sólo vio a su hija durmiendo tranquilamente.

Al día siguiente, poco antes de que amaneciera, Edelmira se dispuso a bañarse. Se quitó apresuradamente el pijama y lo aventó hecho bolas sobre su cama, tomó una toalla y se metió al baño. Todo lo hizo procurando no hacer mucho ruido, pues deseaba que su hija durmiera un poco más, para que no se despertara de malas. Mientras tanto, ella alistaría todo para la partida. Al ducharse, cada que cerraba los ojos para evitar su contacto con la espuma, sentía terror, pues imaginaba que al abrirlos de nuevo, vería ante ella el espectro de la niña con la que había soñado. Para calmar un poco este miedo, se puso a rezar por el descanso de quienes hubieran podido morir en ese sitio durante la gran inundación.

Cuando se secaba, respiró aliviada. Parecía que ya nada malo ocurriría ahí, pero al salir del baño encontró su pijama acomodado sobre una parte de la cama en que ya habían alisado las sábanas y la cobija: el pantalón colgaba a la derecha y a la izquierda caían las mangas de la parte de arriba. Es decir, el pijama estaba dispuesto como si se quisiera ver el modo en que luciría la persona que lo portara.

En ese momento Graciela se desperezaba. Lanzó un gran bostezo y entreabrió los ojos con dificultad ante la luz blanca que entraba por la ventana.

—¿Qué hora es?

Edelmira pensaba reclamarle el que quisiera jugarle una broma, pero el reciente despertar de su hija parecía auténtico. Entonces, ¿quién había acomodado así su pijama? Aún con reservas, le dijo a su hija:

—No, Graciela, yo ya no me voy a poner el piyama.

—Y ahora, ¿por qué me dices eso?

—Pues mira, yo lo dejé hecho bolas y...

La joven vio lo que su madre le señalaba y ahora ésta pudo ver que Graciela lucía pálida y ojerosa, y de pronto un leve temblor acometió sus labios.

—¿Qué te pasa, hija, estás bien?

—Sí, mamá, sí. Me voy a bañar. Ya hay que irnos.

Y apresuradamente la joven tomó su toalla e ingresó al baño.

—¿Qué le pasa? —se preguntó Edelmira, pero sabía que el acostumbrado hermetismo de la joven le impediría extraerle cualquier información respecto a su raro comportamiento. Entonces la mujer se puso a hacer las maletas. Metió zapatos y sandalias en bolsas y cuando se ponía los tenis, al hacer el pie derecho, ya calzado, hacia atrás, sintió que golpeó algo duro debajo de la cama.

—¡Ay, carajo! —exclamó, extrañada, pues estaba segura de que ya había metido todo en las maletas y que debajo de la cama no había quedado nada. ¿O habría olvidado guardar uno de sus pesados zapatos de plataforma de madera? Sí, eso era, se dijo un tanto aliviada. Mas al agacharse para explorar el piso, vio que debajo de la cama no había absolutamente nada, y como estaba sentada justo en medio del colchón, no pudo haber golpeado una pata.

Graciela salió del baño y apresuradamente se alistó para partir. No hablaron mucho antes de salir.

—¿Y el jabón? —preguntó de pronto Edelmira ya en el pasillo—, ¿lo guardaste?

La joven, muy seria y aún pálida, negó con la cabeza.

—Voy por él —dijo la mamá y dio un paso hacia el interior, mas de pronto escuchó que algo caía al piso del baño, que había quedado con la puerta cerrada. ¿El jabón?

—No. Ya vámonos de aquí —dijo Edelmira y salió para cerrar fuertemente.

—Sí, mamá, este lugar me da miedo.

Cuando iban bajando las escaleras hacia la recepción, Edelmira se atrevió a preguntar.

—Hija, dime si te pasó algo.

—No, mamá, nada, pero tuve un sueño muy feo.

La joven mamá se puso alerta, creyendo adivinar lo que ella le diría.

—Soñé que una niña güera, con trenzas, se paraba ante tu cama y te agarraba una mano, y que tú te empezabas a quejar, como diciéndole que te soltara y se largara. Entonces la cara de esa niña se puso pálida, muy blanca, como de cadáver, y te vio muy feo. Ay, pero fue un sueño tan real. Y ahora que estaba en el baño como que sentí que alguien estaba junto a mí, y cuando entreabrí los ojos, entre el agua y la espuma, creo que vi por una fracción de segundo a esa niña güereja.

Edelmira se aguantó las ganas de llorar del susto y tragó saliva, viendo la calle muy iluminada por el sol e imaginando lo que habrían sentido los antiguos habitantes del lugar al ver morir a sus seres queridos bajo el agua.

—Ojalá hayan disfrutado su estancia con nosotros —les dijo la joven que les recibió la llave.

Edelmira iba a contarle los hechos aterradores que había vivido, mas prefirió callar, por no pasar por una loca, y se alejó aprisa con su hija de ese lugar de espantos.

El aterrador grito de la Llorona

La historia de la Llorona ha atemorizado a muchas generaciones de mexicanos desde tiempos prehispánicos. Fray Bernardino de Sahagún nos informa en su ***Historia general de las cosas de Nueva España*** que los habitantes del Valle de México veían poco antes de la conquista a la diosa Cihucóatl vestida de blanco, flotando, y que como sexto presagio de la llegada violenta de los españoles, gritaba: "Oh, hijos míos... ¿A dónde los llevaré para que no acaben de perderse?".

Pero también se cuenta que la Malinche, por haber traicionado a su raza, se convirtió en la Llorona, un alma en pena que, arrepentida por su gran falta, lanzaba ya durante la Colonia el aterrador grito de "¡Ay, mis hijos!".

Actualmente abundan los testimonios de gente que dice haber oído, atravesando ciudades y pueblos, ese lamento que eriza la piel. Algunos mencionan que esto es más común en lugares donde hay grandes depósitos de agua o corren ríos, pues otra versión del origen de ese grito espantoso es que la Llorona era una mujer de la época colonial que, engañada por su marido, ahogó a sus propios hijos en un río.

Sobre la Calzada Vallejo, a la altura del lugar conocido simplemente como Kilómetro 8, a mediados de los sesenta había muy pocas casas y éstas estaban rodeadas de terrenos de sembradío.

El aterrador grito de la Llorona

En la parte que se estaba fraccionando ya, don Emanuel tenía un terreno y había construido sólo un humilde cuarto.

Pues bien, la primera noche que pasaron ahí Emanuel y su joven esposa María Fernanda, tuvieron que dormir sobre petates.

Comenzaban a entrar en calor cuando oyeron que recorría la planicie un lamento espeluznante:

—¡Aaay...!

—¿Oíste? —dijo Emanuel, incorporándose y echando una mirada a la ventana de madera, sólo cubierta por un plástico transparente.

—Ay, Dios —respondió la mujer—, ¿estarán matando a alguien?

—¿Y si voy a ver?

—No, espérate, ha de ser en la otra colonia. Si volvemos a escuchar el grito, vas a ver si puedes hallar a unos cuicos pa' que investiguen.

De pronto, por el magueyal próximo, se escuchó de nuevo:

—Aaay, aaay...

—¿Oyes? —dijo Emanuel parándose y ajustándose los pantalones—. ¿Será alguien que está herido? ¡Ay, pero qué feo grita! Déjame desatrancar la puerta.

—Llévate el machete, viejo, no vaya a ser la de malas y...

Pero ahora escucharon:

—¡Aaay de mis hijos...! ¡Mis hijos!

María Fernanda lanzó un chillido de espanto y se cubrió aún más con la manta.

Por su parte, convencido ya de que aquel lamento no era cosa de este mundo, por lo rápido que el grito se había aproximado a su vivienda y por lo inhumano del tono de esa voz, Emanuel se volvió a meter bajo su cobija y se puso a rezar y a besar el crucifijo que pendía de su pecho.

—Virgen santa —decía temblorosa la mujer al oír de nueva cuenta el lamento del más allá:

—Aaay, aaay.... Mis hijos, aaay de mis hijos...

Uno de los testimonios más recientes que hemos recibido es el de la señora Virginia Tapia, madre soltera de cuatro pequeños, todos cursando aún la primaria. Ellos vivían en la Unidad CTM de Tultepec. Resulta que los hijos más grandes, Carlos y Norma, no habían querido apagar la televisión hasta no terminar sus programas favoritos, así que, ya muy tarde, su madre los estaba obligando a hacer sus tareas. Heberto, el que seguía en edad, de sólo ocho añitos, se acurrucaba en los brazos de doña Virginia y acariciaba la frente de la más pequeñita, apenas una bebé, que ya descansaba sobre los cojines.

La señora, furiosa contra sus desobedientes hijos, veía la hora: faltaba un minuto para las doce de la noche. Deseosa de meterles miedo y así darles un escarmiento, les dijo:

—¿Ya ven?, por no obedecer ahora van a venir las brujas y se los van a chupar, porque a esta hora se aparecen a los niños mal portados.

Debido al calor de la estación, pues era pleno mayo, tenían abiertas las ventanas del departamento, ubicado en el tercer piso, y las cortinas anudadas para que entrara el aire fresco.

No bien acababa la señora de decir lo que referimos, cuando recorrió las calles de la unidad un aterrador lamento sobrehumano:

—Aaahhh.

Víctor, el mayor de todos, pese a que sentía temblarle todo el cuerpo del miedo que experimentó, fue a asomarse a la ventana. Las calles lucían solitarias y parecía que el quejido no iba a terminar nunca. En realidad, refiere Norma, que en esos momentos abrazaba a su madre, el lamento duró sólo cosa de un minuto.

—Dios mío —dijo la mamá, santiguándose y persignando también a Heberto y Norma.

Víctor cerró la ventana, pero olvidó correr la cortina, y fue al lado de su madre.

Todos creían que había pasado lo más aterrador, cuando, justo frente a su ventana, pasó una extraña forma y se escuchó de nuevo, aunque ahora más atronador, el lamento:
—Aaahhh.
Y tras esto, clarísimas las palabras de:
—¡Aaay, mis hijos…!
Por último, queremos referir lo que sucedió a Teresa Román, mujer de unos 35 años, y a su hija Roberta, en una conocida unidad habitacional de Tecámac, Estado de México. Ambas acostumbraban salir a pasear a su par de cachorros a eso de las once de la noche y aprovechaban para correr un poco, pues ambas estaban excedidas de peso y tenían parientes cercanos con diabetes.

Era viernes y por lo común a esa hora había gente aún en la zona de los columpios, pero esta ocasión el parque lucía solitario. Más ello no importó mucho, pues las mujeres vivían enfrente del mismo y, ante la posible aparición de asaltantes, podrían refugiarse pronto.

Cuando Roberta iba corriendo tras el más pequeño de los perros, cuya correa había soltado accidentalmente, vio de pronto parada junto a los montones de basura a una mujer vestida de blanco y de largo cabello, al parecer, cubierto de canas. La joven supuso que tal vez se veía espectral por la luz de la luna llena. No muy dada a creer en historias de aparecidos, Roberta iba a saludar a la mujer cuando notó, justo cuando su perro comenzaba a gruñir como si tuviera mucho miedo, que a esa mujer, pese a la intensa luz lunar, no se le veía el rostro.

—Mamá —dijo con voz temblorosa la muchachita, y empezó a caminar hacia atrás, sin quitar la vista de aquel ser, que poco a poco se fue moviendo, como bamboleado por el viento.

La chica entonces le gritó a su perro para que la siguiera y fue aprisa al lado de su madre, que sentada en una banca, acariciaba al otro cachorro.

—Mamá… ¡Mamá!
—¿Qué? ¿Qué pasa, hija? ¿Un ratero?

—Vámonos a la casa, rápido. ¡Allá hay una maldita vieja que no tiene cara!

La señora inmediatamente se incorporó y volteó hacia donde su hija le señalaba, pero no vio nada entre las bolsas de basura.

—Ay, hija —iba a reprenderla, pero al ver que estaba sollozando, trató de calmarla abrazándola.

—No, mamá, mejor vámonos. Dame las llaves, rápido.

Ya entre las paredes de su hogar, la muchachita se deshizo en llanto.

La mamá no sabía ni qué pensar. Pero decidida a salir de dudas, se asomó hacia el parque. Distinguía perfectamente los montones de basura y, envalentonada, se quedó observándolos un buen rato, por si distinguía algo anormal. Estaba a punto de abandonar su puesto de vigía, cuando vio que una sombra flotaba sobre las bolsas negras. Luego esa extraña aparición empezó a dar vueltas por todo el parque. Iba a llamar a su hija, pero no quiso asustarla más.

—¡Mamá! ¡Mamá! ¡Cierra esa cortina!

La mujer obedeció.

—Ay, Dios.

—¿Qué? ¿La viste?

—No vi ninguna señora, pero...

Los perros, puestos ya en la zotehuela, comenzaron a ladrar y a gruñir muy espantados y de pronto se oyó el temible lamento:

—¡Aaay, mis hijooos!

—La Llorona, es la Llorona —gritó Roberta, histérica ya, y descolgó el crucifijo de madera de la sala para apretarlo contra su pecho, pareciéndole interminables los segundos que duró ese grito.

Cabe señalar que a la jovencita se le declaró la diabetes debido a ese gran susto.

El perro pateado por un fantasma

Entre las experiencias personales en que lo cotidiano choca con lo paranormal, ésta que voy a relatarles es la que más me ha impactado:

Contaba yo con apenas 17 años cuando esto pasó. Teníamos por entonces un perro de dos años de edad aproximadamente. Sucedió que una noche, al estar viendo televisión en la sala junto con mi madre y todos mis hermanos, ese animal, que se hallaba acostado en medio de la sala, de pronto levantó la cabeza y las orejas hacia aquella habitación que, por cierto, tenía sólo una pequeña ventanita con barrotes que daba al patio. Otro dato que hay que agregar es que, aunque no había nadie de aquel lado, la luz estaba prendida.

Nuestra mascota parecía haber percibido con su fino oído algún ruido de aquel lado, un sonido que nuestra percepción humana no podía distinguir. Así que se levantó y se encaminó hacia allá. Empezó a hendir la cortina con su cuerpo para atravesar hacia la habitación desierta, o aparentemente desierta.

Esto que voy a referirles sucedió apenas a un metro de mí y de varios de mis hermanos junto a los que estaba sentado en el largo sillón: el perro lanzó un chillido y salió volando hacia atrás, como si lo hubieran pateado con mucha fuerza. Fue a dar contra una silla y salió despavorido hacia el patio, con la cola entre las patas.

Nos quedamos pasmados. Una de mis hermanas inmediatamente se asomó, para ver quién había golpeado al animal, pues estábamos conscientes de que todos los de la casa nos hallábamos reunidos ahí en la sala. Y nada, eso fue lo que vimos, sólo la luz encendida que iluminaba los muebles.

Golpes del más allá

En esa misma habitación sucedieron otros hechos sobrenaturales, y éste que voy a relatarles dejó una clara huella física.

Resulta que mi padre dormitaba ahí a cortina cerrada una tarde de hace unos veinte años. Fue cuando acababa de morir su única cuñada, con la que siempre se había llevado muy mal. Cansado del trabajo en el turno de la noche y aún resentido con aquella mujer, se acostó apenas llegó a la casa, mientras a ella la estaban velando no muy lejos de ahí.

Como de costumbre, cada que papá dormía durante el día, a todo mundo se nos pedía no entrar a la sala-comedor ni mucho menos a aquella habitación, ni, por supuesto, encender la tele, así que todos nos hallábamos en el patio o en la calle con los amigos. En la casa reinaba el silencio.

Recuerdo que ese día cené fuera de casa, así que al volver fui directamente a mi cuarto a dormir. Papá ya se había ido al trabajo y noté algo raro en el ambiente: mis hermanos y mi madre parecían consternados, como que guardaban un terrible secreto.

Al día siguiente, al reunirme con la familia a desayunar, mi papá ya había vuelto del trabajo y lo vi con una parte de la cara terriblemente hinchada y negra. ¿Qué había pasado? Estaba tan callado y serio que no quise preguntárselo. Lo primero que me imaginé es que lo habían asaltado en la noche. Pero no, aquel golpe lo había recibido el día anterior en la tarde, y en casa. ¿Cómo? ¿Por quién?

Mi mamá me platicó lo que sucedió: papá dormitaba recargado en la pared cuando de pronto sintió una respiración muy fuerte cerca de su cara y oyó algunas palabras que parecían groseras, entonces, muy extrañado, seguro de que ningún miembro de la familia se le aproximaría así, empezó a abrir los ojos. No descubrió a nadie junto a él, pero de pronto recibió un fuerte golpe en el lado izquierdo de la cara.

Mi padre se quedó de una pieza. Lo que se dijo después para tratar de explicar el hecho es que la concuña, antes de partir al más allá, había querido descargar todo su coraje contra mi papá agrediéndolo de ese modo.

Hay otro relato sobre un golpe recibido de un ser de otra dimensión. A Cecilia Torres, que vivía en Naucalpan, en alguna ocasión le sucedió lo siguiente:

Acababa de oscurecer cuando se recostó en su cama para descansar de las faenas diarias. Sus hijos habían salido a jugar y ella se encontraba en tinieblas, poco antes de que llegara el marido.

Recién acababa de acostarse cuando recibió tremendo golpe en el pecho. Inmediatamente se levantó, muy asustada, y encendió el foco. No pudo soportar mucho tiempo más ahí y salió a buscar a sus niños, el mayor de los cuales, que tenía 11 años, le preguntó qué le pasaba, al notar que a su mamá se le había ido el color.

—Nada, nada, no te preocupes —decía ella, aguantándose las ganas de sobarse, pues el dolor dejado por el golpe en realidad era muy fuerte.

Temerosa de haber sufrido un daño severo, al día siguiente fue al médico, pero no había más que el moretón. En Trabajo Social le hicieron algunas preguntas para saber si sufría violencia doméstica, más salió bien librada del cuestionario, pues su marido era un ejemplo de bondad y amor dentro del hogar.

Así es que, querido lector, si te preguntaste algún día si los seres del más allá podían causar algún daño serio a los vivos, de modo que alteraran radicalmente el rumbo de sus vidas, en estos dos relatos parece estar la respuesta.

Los difuntos se comunican con los vivos

Es muy común que se diga que quienes están por morir vean en sueños a algunos seres queridos que les han antecedido en su viaje al más allá, los cuales les dicen que ya se reúnan con ellos. Algo así le sucedió a don Celestino pocos días antes de que perdiera la vida. Cuando ya su salud estaba muy deteriorada, le platicó a su esposa que había soñado que dos de sus hermanas ya fallecidas se le acercaban y le decían:

—Ya, hermano, vente con nosotras. Ya vamos a estar juntos otra vez.

—Y apenas anoche —añadió— soñé que todos mis hijos estaban agarrados de las manos, rodeándome.

Efectivamente, pocos días después, sus tres hijos y cuatro hijas estaban tomados de las manos rezando, rodeando su ataúd.

Hubo, por supuesto, algunos vecinos que los acompañaron, pero algunos conocidos no se enteraron a tiempo del deceso, al grado de que, una semana después del entierro, a uno de ellos se le hizo de lo más natural ver a don Celestino leyendo el periódico frente a la escuela primaria que queda ante la casa que habitara, así que lo saludó y recibió las buenas tardes y la sonrisa del difunto.

Como, debido a su edad y a sus dolencias, en sus últimos meses el señor ya no cumplía mucho con su costumbre de leer las noticias sentado en los escalones de la banqueta del otro lado de la calle, el vecino comentó ese encuentro a su madre como un hecho singular, pero aún no sabía qué tan inusual era en realidad:

—¿Qué crees, mamá? Acabo de encontrarme a tu compadre en la calle. ¿No que andaba mal de salud? Yo lo vi muy bien.

—Ay, no, ¿cómo crees? Don Celestino ya es muerto. Lo enterraron la semana pasada.

—Pero si lo vi clarito.

El muchacho se quedó de una pieza cuando sus hermanos le confirmaron aquel fallecimiento.

No fue la única ocasión en que alguien tuvo un encuentro con don Celestino en las semanas que siguieron a su muerte. Su nuera Olivia contó que un día que estaba sola en casa, debido a que debía reposar mucho porque tenía riesgo de aborto, tuvo un encuentro con lo sobrenatural. Dormía en el piso de abajo para no tener que subir y bajar escaleras. Su marido había puesto su cama en la sala, y desde este lugar de reposo vio claramente que el difunto se asomaba por las escaleras hacia abajo, y otros dos de los hijos del señor, así como una sobrina, han comentado que sintieron que un ser invisible les acariciaba el pelo mientras lloraban por su muerte.

Otro fenómeno que tienen que ver con quienes acaban de fallecer es el de los toquidos en la puerta o las llamadas por teléfono, precisamente de quienes acaban de emprender el viaje sin retorno. Doña Socorro Solana comenta que un día en que se hallaba sola tocaron el timbre en varias ocasiones, y cada que iba a abrir, se encontraba con la escalera desierta. Llegó a pensar que eran los niños de la cuadra, que querían jugarle una broma, así que, un tanto enojada, decidió quedarse junto a esa puerta y abrirla en cuanto volviera a sonar el timbre, apara amonestar a los chiquillos. Se mantuvo, pues, sentada en el brazo de un sillón, con el oído atento.

Esperaba escuchar pisadas y quizá hasta risas de los traviesos que subieran la escalera, pero nada de ello ocurrió antes de que sonara de nuevo el timbre. Rarísimo, pues las pisadas en aquella escalera siempre eran muy perceptibles. Ni tarda ni perezosa, la señora abrió y sintió que el terror le recorría espalda y piernas al hallarse con los escalones desiertos. Entonces bajó aprisa para buscar al o a los posibles bromistas, pero la calle estaba también solitaria. Era justo el mediodía cuando esto ocurrió.

Horas después, escuchó sonar el teléfono. Era la hija de una prima suya muy querida, quien le informaba que ésta había fallecido ese mismo día.

—Dios santo, pero ¿cómo?

Tras enterarse de los pormenores de esa muerte, entre lágrimas vino una pregunta a su mente, que le hizo tener miedo hasta de las cortinas que se agitaban con el viento y de los crujiditos que venían de las cazuelas y sartenes puestos a la lumbre:

—Oye, pero ¿cómo a qué hora fue eso? ¿A qué hora les avisaron los doctores que había fallecido?

Su sospecha se confirmó de modo exacto:

—Al mediodía de hoy.

Cuando se sube el muerto

En innumerables ocasiones hemos escuchado acerca de la experiencia de que "se sube el muerto". Básicamente son mujeres a las que la han pasado y cuentan que ningún miedo es comparable con éste. Quienes las aterrorizan de este modo son entidades masculinas llamadas íncubos, e íncubo es una palabra de origen latino que significa "me acuesto sobre ti". Así tenemos que los demonios o muertos varones suelen aprovechar el estado de indefensión en que se encuentran algunas mujeres cuando están a punto de dormirse, para subirse en ellas e inmovilizarlas. Por supuesto, lo que buscan es tener sexo con la víctima.

Esto nos queda del todo claro y comprobado con la experiencia de Linda Noroña, quien vivía en Iztapalapa. En una ocasión decidió irse a dormir al cuarto de la azotea, que se usaba para las visitas, debido a que debía levantarse muy temprano para ir al trabajo, pero sus hermanos pequeños no dejaban de hacer ruido.

Linda puso el seguro y se acostó de inmediato en la vieja cama de latón que había ahí. Empezaba a sentir los párpados muy pesados cuando percibió que un borde del colchón se hundía inusualmente. Inmediatamente el terror heló sus venas, pues estaba segura de que ningún otro mortal estaba con ella en ese cuarto. Pero no tuvo tiempo de gritar, pues rápidamente fue sintiendo que un gran peso aplastaba sus tobillos, luego sus muslos y finalmente sus pulmones. Se sintió impotente de hacer cualquier movimiento o de hablar pidiendo ayuda. Aquel ser o lo que fuera la había inmovilizado del todo. Entonces percibió un vientecillo helado, lo cual era imposible, pues puerta y ventanas estaban perfectamente cerradas.

¿Cuánto duraría aquello? Dios, ¿qué estaba pasando? Se preguntaba ella, mientras trataba de convencerse que se trataba sólo de un problema psicomotor producido por las tensiones del día, de una pesadilla o algo parecido.

Mas de pronto percibió un aliento pestilente, al tiempo que sentía que algo se tallaba contra su entrepierna. ¡"Aquello" quería violarla!

Los segundos fueron eternos, el terror parecía inacabable. De pronto se oyeron pisadas en las escaleras de metal que llevaban a esa habitación y tocaron a la puerta. La experiencia terrible finalizó entonces. El peso desapareció y, libre de él, Linda lanzó un grito que estremeció a su madre, quien estaba a la puerta para darle una lamparita de noche, pues sabía que a la muchacha le daba mucho miedo dormir a oscuras, mas aquella vez, por el cansancio, Linda no había pensado mucho en los peligros que podían albergar las sombras. Entre lágrimas de terror y de ira, contó a su madre su experiencia y, acompañada de ella, bajó al cuarto que compartía con sus hermanitos Fidel y Elsita, quienes ya se habían decido a acostarse, y así pudo conciliar un poco el sueño.

Años después, cuando Elsa cumplió los once, el padre les asignó a ella y a Linda el cuarto de la azotea. Linda parecía haber olvidado su amarga experiencia de años atrás y se dispuso a pasar la noche en ese cuarto elevado que se habían esforzado en arreglar para que tuviera el toque femenino y les resultara acogedor.

Pero en cuanto apagaron la luz, notaron que un silencio pasmoso se había adueñado de las calles. No se escuchaban autos ni personas a pie. Ni siquiera las hojas de los árboles hacían ruido al agitarse. Muy raro también pues estaban en pleno marzo, mes que todos sabemos que es de mucho viento.

—¿Ya oíste? —dijo la pequeña.

—¿Qué? —respondió Linda, quien estaba a punto de dormirse, pero la voz atemorizada de su hermanita de inmediato le hizo recordar su experiencia de años atrás.

—Más bien, ¿no oyes?

Linda inmediatamente se incorporó y recargó la espalda en la cabecera de la vieja cama de latón.

—Ay, manita, por favor no me hables de ese modo, que me haces que me acuerde de algo muy feo que me pasó aquí.

—Pero es que ni siquiera los perros ladran o aúllan —y casi llorando la muchachita continuó—. ¿Qué se me hace que va a pasar algo muy feo también ahora? Vámonos para abajo, Linda, ya me entró mucho miedo.

De pronto, Linda saltó de la cama lanzando un chillido.

—Y ¿ahora qué te pasa? ¡No seas estúpida! No estés de chistosa o me va a dar un infarto.

—Ay no, ay no, ay no.

—¿Qué, qué te pasó, dime?

—Párate, quítate de la cama.

La menor brincó de pronto y se quedó parada junto a Linda, viendo aterrada la cama antigua.

Se quedaron en silencio un rato y en actitud de alerta.

Linda no se decidía a contar lo sucedido ahora. Respiró profundamente varias veces, buscó las llaves con la mirada sobre una vieja cajonera y, sin quitar la vista de la cabecera, fue y las tomó.

—¿Qué te pasó, Linda, qué?

—Es que sentí como que unas uñas se me enterraban en la espalda y me jalaban el camisón.

Se encaminaron a la puerta, abrazadas, cuando escucharon que tocaban en el vidrio de la ventana que daba a la calle. ¡Pero cómo! Estaban a siete metros de altura y la pared era totalmente lisa. Las dos se pusieron a gritar con todas sus fuerzas y salieron de ahí tan rápido como pudieron.

Contaron todo a sus padres y éstos intercambiaron una mirada de entendimiento.

El señor juntó los nudillos.

—Esa cama la compramos usada hace muchos años, cuando yo ganaba muy poco y la familia crecía más rápido de lo que yo progresaba.

—Nos la vendió un ropavejero —añadió la señora—, quien nos dijo que la bendijéramos antes de usarla, pues en ella había muerto una persona muy mala.

—¿Y aun así la compraron? —gritó indignada la menor de las muchachitas.

—Pues... —el señor ya no supo qué decir.

—Y no la bendijeron, ¿verdad? —dijo Linda a su vez.

—No, pero ya ven —dijo la señora con cara de regañada, tratando de justificarse—, la usamos muchos años y nunca pasó nada.

—Pero, mamá, después de lo que te platiqué hace años, que casi me violan, ¿por qué no me dijiste nada ni hiciste que tiráramos esa cama?

—¿Que qué? —preguntó el papá, alterado, pues se le había ocultado esa información.

Entonces Linda lo refirió todo de nuevo.

El padre golpeó con coraje la mesa.

—Nunca había creído en estas cosas. Hay que hacer algo.

—Debemos bendecir esa cama —sugirió la mamá.

Al día siguiente fueron a conseguir agua bendita en la iglesia del barrio.

No había en la pila de la entrada, así que buscaron al cura y en su oficina le platicaron lo que estaba pasando con aquella vieja cama de latón. Entonces el sacerdote les habló de los íncubos.

—Malditos —exclamó el papá indignado.

El sacerdote entonces bendijo especialmente para ellos una botellita de agua y les pidió que la rociaran en toda la habitación. Por supuesto, debían deshacerse de la cama en la primera oportunidad.

En cuanto llegaron a casa, todos subieron directamente al cuarto de la azotea. Nerviosos, rodearon la cama. El padre pensaba en que no quería deshacerse de ella. Después de todo, había sido una fuerte inversión y hasta ahora no les había ocasionado contratiempos.

—Apúrense, ahorita que aún es de día —exclamó la menor de las hijas.

Linda mantuvo la botella tapada en las manos durante unos instantes. Luego, como en estado de trance, temerosa de lo que pudiera suceder, fue desenroscando la tapa poco a poco. El recipiente de plástico estaba lleno hasta el tope y, como la muchacha lo apretaba fuertemente, aún sin ser destapado del todo, dejó salir unas gotitas, que humedecieron los dedos de la chica asustada.

En esos momentos su hermano empezó a gritar fuertemente:

—¡Papá, mamá! ¡Papá, mamá! ¡Vengan pronto!

Los señores salieron aprisa para bajar y la menor de las jovencitas se preguntó en voz alta:

—¿Y ahora qué le pasa a ese loquito? Parece que lo estuvieran ahorcando.

El líquido se había ido acumulando en las manos de Linda, hasta que una gotita cayó en el colchón. Apenas recibió el líquido, éste dio un respingo como bestia herida, y una serie de ondulaciones recorrieron todo el colchón a lo largo.

Un tremendo alarido antecedió la bajada de las chicas por las escaleras de metal, pero con tan mal tino pisaba la pequeña, la cual iba adelante, que cayó sobre el balcón del segundo piso rompiéndose un tobillo.

—¡Papá, papacito! —gritaba Linda tratando de levantarla.

—¡Ay, no, no me muevas! ¡Me duele mucho!

Pero los señores no escucharon aquel gritito débil y desesperado de Linda, pues estaban aterrados ante otro hecho sobrenatural:

Su hijo, que había estado haciendo su tarea en la mesa del comedor, miraba aterrado la tele:

—¡Se prendió sola!

El señor corrió a apagar el aparato y acarició la cabeza de Fidel, para tranquilizarlo, aunque él mismo temblaba un poco.

La mamá ya subía las escaleras, para atender el llamado de Linda.

Ya en el hospital, mientras atendían a Elsa, el señor meditó acerca de que no sería correcto transferirle la cama maldita a otra familia, así que tomó la decisión de deshacerla y enterrarla en un lugar apartado de cualquier población.

Pero luego de llevar a cabo estos planes, se empezaron a escuchar ruidos extraños en la casa, así que la familia se mudó.

Ese inmueble está actualmente abandonado y los dueños no se deciden a rentarlo, pues se sentirían directamente responsables de lo que pudiera pasar a cualquier inquilino.

La subida del muerto puede darse de un modo distinto al aquí anotado: sucedió este hecho a Matilde Soriano. Ella vivía en un cuartito de tabiques desnudos y techo de lámina junto con sus dos hijos en una colonia de la periferia de la ciudad. El marido los había abandonado y la pobre mujer vendía fruta y verdura en los tianguis. En sus labores le ayudaban sus dos hijos varones, de tan sólo ocho y nueve años de edad.

En varias ocasiones los tres llegaron a ver entre los clientes a una viejita de negro, a la que nadie en el rumbo había visto antes, y no sabían cómo es que desaparecía de pronto, sin haber comprado nada y sin que nadie viera a dónde se dirigía. El hecho se repitió en al menos tres ocasiones, pero nadie supo dar razón de aquella mujer.

La noche del último día en que se vio a la rara anciana, Matilde se despertó sobresaltada a eso de las 11, pues sintió un enorme peso sobre sus piernas. Pensando que uno de sus hijos iba a caerse de la cama, se sentó para sostenerlo, pero descubrió con tremendo susto que una anciana en traje de luto se arrastraba sobre ella para alcanzar el piso con las manos. Momentos de verdadero horror vivió la mujer, esperando que aquella anciana, que parecía pesar toneladas, bajara pronto y desapareciera de su vista. Pero Matilde no pudo soportar mucho aquella horrenda aparición y, lanzando un alarido, cayó desmayada.

Los niños despertaron con ese grito y se pusieron a llorar, y con los berridos cada vez más fuertes que lanzaban las criaturitas, llenas de miedo, Matilde tardó pocos minutos en volver en sí. Abrazó a sus hijos y con gran alivio constató que estaban bien y que ya no había nadie más en la pequeña habitación.

Inmediatamente, como por intuición, Matilde buscó todas las ilustraciones que en revistas o estampitas religiosas tuvieran imágenes demoniacas o de brujería, y las tiró al bote de la basura.

En la mañana lo primero que hizo fue ir por un cura para que bendijera el hogar y desde entonces pudo dormir tranquila. Por cierto que entre los puestos de los mercados callejeros no se volvió a ver a aquella anciana de negro.

Cómo correr al muerto que se encima

Una experiencia muy similar a la de Linda la tuvo doña Jacinta, cuyo marido trabajaba de velador y por eso la dejaba sola todas las noches. Le tenía mucho miedo a la oscuridad, por los relatos de aparecidos que había escuchado en su pueblo, principalmente de labios de sus abuelos, así que le pedía a su hijo Ramón, de tan sólo 12 años, que se quedara en su cuarto.

El muchacho se dormía en un sofá que estaba pegado a la ventana, y velaba el sueño de su madre. Pero el último día de septiembre de hace algunos años, por fin se dio el encuentro tan temido entre la mujer y los espectros. Pasadas las doce de la noche, Ramón escuchó que su madre se quejaba y empezaba a agitar los brazos, aunque débilmente, por estar aún dormida. Y los movía como si quisiese alejar a alguien molesto. Como sucede con los que hablan en sueños, no se le entendía casi nada a la mujer de cincuenta años, si acaso las palabras: "Déjame, vete a descansar... Pero qué bien friegas", y esto con una lengua pesada, rasposa.

—¿Mamá? —llamó Ramón en voz baja, asustado, pero creyó haber escuchado que era peligroso despertar a alguien que habla en sueños, así que prefirió ir a encender la luz. Se paró con miedo, pues ya entonces había notado que la cama rechinaba mucho.

Por su nerviosismo, no halló pronto el interruptor, y cuando por fin encendió el foco, descubrió aterrado que la cama se sumía, como si alguien estuviera aplastando a su mamá contra el colchón.

De pronto la mujer se incorporó, soltando manotazos y puñetazos a diestra y siniestra, así como diciendo majaderías que su hijo nunca le había oído mencionar.

Pasaron minutos antes de que la mujer dejara de agitarse, y entonces su querido hijo la abrazó. Dejó que ella se serenara un poco y luego le preguntó qué había sentido.

—Un muerto, hijo, no sé quien, se me subió y me estaba soltando palabras muy feas. Entonces me acordé de que mi abuela me había recomendado mandar al diablo a las ánimas en pena diciéndoles las peores groserías. Así fue como me dejó en paz. Pero yo creo que también ayudó el que hayas encendido la luz. Ya vez por qué tenía miedo de quedarme sola. Como que presentía que las ánimas en pena ya andaban rondando este cuarto, donde saben que me quedo sola, para venir a fregar.

Entonces Ramón pensó en lo impotentes que somos los mortales contra los seres del más allá, y que es imposible obligarlos a que ya no irrumpan en el mundo de los vivos, en el que pueden causar serios males: miedo paralizante a la soledad o a la oscuridad, o de plano la locura.

Cuando jalan las cobijas

Aquella noche, Aída y su hermanito Saúl se quedaron a dormir con su hermana Hortensia, la mayor de todos, porque vivía sola y decía que le daba miedo su nueva casa. En la planta baja estaban la sala y el comedor y había dos recámaras en el primer piso. Por una escalera exterior de madera se llegaba a la azotea.

Cenaron alegremente y luego vieron una película de terror, pero como el pequeño Saúl, de apenas ocho años, comenzó a temblar de miedo, las mujeres decidieron apagar la videocasetera e irse a dormir.

Aída, ya apagadas las luces de la sala y con sus hermanos esperando al pie de la escalera, fue apresuradamente a la cocina y encendió la luz de ésta para buscar la caja de galletas. La vio encima del refrigerador. Sacó un paquete y devolvió la cajita a su lugar. No bien había apagado la luz, cuando escuchó que la caja daba contra el piso.

—Pst, ¡qué raro! Si la puse bien.

Nuevamente a la luz del foco la acomodó, pero pasó lo mismo: la caja cayó en cuanto las sombras se adueñaron de la cocina.

—Bueno, voy a ponerla acostada.

—Aída, apúrate, que ya tenemos sueño.

—Ay, ya voy —dijo la niña, ya nerviosa, acomodando la caja con manos tensas.

Al apagar la luz, ahora escuchó que arrastraban la caja y se puso a gritar desesperada cuando oyó de nuevo el golpe del empaque contra el piso.

—¡Ay, tú, pareces loca! —le dijo su hermana.

—¡Mamita, mamita! —repetía Aída corriendo hacia Hortensia, a quien abrazó fuertemente.

Saúl le dio una patada, pues lo estaba asustando mucho también a él.

Ya arriba, en cuanto calmó su llanto, la niña contó lo que había pasado en la cocina.

La hermana mayor dio todo tipo de explicaciones para tratar de convencer a todos, pero sobre todo a sí misma, de que en su nueva casa no espantaban.

Un par de horas después los tres estaban acostados en la misma cama. Habían puesto al niño atravesado a sus pies, para ellas estar más cómodas. Pero Aída no podía dormir pensando en el tremendo susto que se había llevado.

Desde la cama, se veía la ventana que daba a la escalera de madera, la cual estaba iluminada por la luz de la luna llena. De pronto, la niña empezó a escuchar pasos, y tuvo ganas de taparle la boca a su hermana, que ya roncaba, para oír mejor.

—¡Ay, mamita! ¿Quién será?

De pronto vio la sombra de una mujer que subía lentamente hacia la azotea y el maullido terrible de un gato, así como un fuerte golpe en lo alto. Al mismo tiempo, sintió que las cobijas le eran jaladas.

Creyendo que iba a volverse loca de pavor, trató de hallar explicaciones lógica para todo ello: una intrusa había ido a robar algo de la azotea, y su hermanito ahora estaba jalándole las cobijas para asustarla más.

No, pero si él no era así. Además, él esa noche estaba igual o más asustado que ella.

Tras unos momentos de silencio y quietud, cuando creyó que ya estaba más calmada, pues respiraba con cierta tranquilidad, jaló las cobijas hacia su pecho, pero ahora vino un tirón más fuerte.

—Saúl —llamó con voz temblorosa, creyendo que el niño estaba debajo de la cama, pero al moverse un poco para investigar, sintió con sus pies el pecho de su hermano, que respiraba hondo, pues estaba profundamente dormido. Nuevamente le jalaron las cobijas y estas fueron a dar al suelo.

Aída abrazó a su hermana, quien despertó. Al verse sin cobijas, se extraño mucho y quedó sorprendida con el nuevo relato de su hermanita.

—Bueno, bueno —repitió sin saber que decir ahora—. Anda, tapa a Saúl.

—¡No, qué!, tú recoge las cobijas.

Hortensia se llenó de valor y prendió la luz. Al recoger las cobijas, aprovechó para echar un vistazo debajo de la cama, aunque sentía que iba a desmayarse de pavor.

—No hay nadie, lo imaginaste —dijo la mayor al apagar el foco.

Horas después, el niño se agitó y habló en sueños, como atacado por una pesadilla.

—Nooo, auxilio... Hermana, hermanita... —decía con voz gutural, hasta que Hortensia decidió despertarlo con unas cachetaditas.

-Saúl, Saúl, no pasa nada, tranquilízate.

Al día siguiente, los hermanos, ojerosos, se fueron muy temprano a casa de su madre.

Por la tarde, Hortensia no quiso volver al inmueble y pensó que lo mejor era rentarlo. Creía que lo que había sucedido el día anterior era apenas un aviso de cosas peores que le podrían suceder si seguía ahí. Hasta hoy no se sabe la razón de que ahí pasen cosas extrañas.

El extraño ser de la huerta

En la huerta de don Epifanio Rodríguez, habitante de un apartado poblado de la Huasteca hidalguense, se han suscitado muchos hechos raros, pero quizá el más tenebroso es el que acaeció a Leodegario, el hijo mayor, a mediados de noviembre de 1980. Aquel día, poco antes del anochecer, salió a orinar entre los árboles de naranjas y mangos, cuando de repente escuchó un golpe contra el suelo. De inmediato imaginó que se trataba de un mango maduro que había caído a tierra, así que, en cuanto terminó de hacer su necesidad, se acercó al sitio de donde había provenido el ruido. Entonces, entre la poca luz del crepúsculo, descubrió que una sombra se agachaba a recoger el fruto. Imaginó que algún extraño había entrado a la huerta.

Aquel ser se irguió y mordió el mango, y cuando Leodegario se disponía a solicitarle que saliera, pudo ver el rostro del extraño: era en realidad espeluznante. Tenía los labios torcidos y los ojos hundidos muy profundamente en su piel arrugada, además de unos dientes enormes que sobresalían de su hinchada boca. La mirada de la horrible criatura, cuya estructura corporal no se asemejaba en nada a la de un ser humano, resultaba realmente amenazadora.

Leodegario dio de inmediato la vuelta, aterrado, y echó a correr en dirección a la casa. No se atrevió a comentarle a nadie lo sucedido y pasó la noche con fiebre y temeroso de cualquier ruido que proviniera de la huerta, ya en completa penumbra.

Al día siguiente, durante el desayuno, al fin se atrevió a relatar su terrible experiencia. De inmediato su padre se levantó de la mesa y los dos fueron hasta el sitio de la aparición.

Lo que descubrieron los dejó pasmados: el mango estaba en tierra, mordido al parecer por dientes muy separados y filosos, y alrededor de él había un círculo de tierra roja. Nunca quisieron saber de qué se trataba, aunque los vecinos sugerían que excavaran ahí, pues seguramente encontrarían dinero enterrado. De hecho, varias personas del pueblo habían mejorado su situación económica gracias a que fenómenos paranormales les habían indicado el sitio exacto en que estaban ocultas monedas en ollas de barro, aunque es bien cierto también que varias de esas gentes habían muerto, al parecer, intoxicadas por los gases que emanaban los metales enterrados durante mucho tiempo.

La nahuala en la niebla

Durante mucho tiempo, la huerta de don Epifanio ha guardado misterios, y uno de ellos alteró para siempre la vida de Julieta y Romina, dos primas muy unidas, que hasta para ir al baño se acompañaban. La primera tenía trece años y Romina estaba por cumplir los quince.

Aquella noche había luna llena y las chiquillas se disponían a cenar junto con sus abuelos Epifanio y Margarita, quien guisaba en su vieja estufa de adobe. El anciano entonces se puso a contar una serie de historias raras, sucedidas en su propiedad, como la vez que, siendo niño, fue a la bodeguita de hasta el fondo, de paredes de piedra y techo de lámina acanalada, para traer unas herramientas que necesitaba su papá para arreglar el techo de la casa. Era noche cerrada y él llevaba una vela para alumbrarse en el camino, pues no quería toparse con alguna víbora venenosa o algún enorme sapo, de los que abundan en esa zona, o con una de las enormes iguanas, a las que les tenía fobia por su terrible aspecto. Tampoco quería pisar excrementos humanos que los cerdos que andaban en la huerta hubieran olvidado comerse. Cabe aclarar que en aquellos entonces no tenían fosa séptica.

Otro peligro posible sería una enorme rata, de las que ya habían atacado a las gallinas y se las habían llevado a sus escondrijos.

De pronto, algo saltó frente a él; una sombra enorme que pasó de mata a mata cruzando el camino. La silueta, entre las sombras, a la luz de las pocas estrellas de la estación, parecía enorme y de lomo peludo. ¿Un tlacuache gigantesco acaso? En el lejano pueblo de un primo había visto un animal de éstos, pero aquí nunca. Finalmente, Epifanio no pudo relacionar a ese animal con ninguno conocido ni explicarse cómo desapareció tan rápido sin hacer ruido. Pero lo peor de esa noche aún no había pasado.

Siguió caminando hacia la bodeguita, donde sabía que colgaba un quinqué. Ansiaba llegar hasta ahí para encenderlo y sentirse protegido entre las paredes de piedra. Al entrar, percibió algo extraño. Su intuición le decía que había alguien más en ese sitio. Entonces se apresuró a encender el quinqué con su vela, pero justo cuando lo había conseguido, una ráfaga de viento apagó las dos llamitas, de modo que sólo por una fracción de segundo, Epifanio pudo ver la horrenda figura de una anciana de profundísimas arrugas y pelo revuelto, que lo miró con un odio capaz de helar la sangre del más valiente.

Epifanio lanzó un grito que se oyó en todo el pueblo y salió aprisa del sitio.

Su padre ya venía por el camino, alumbrándose con una antorcha, pues había olvidado darle algunas indicaciones al niño.

—¿Qué te pasa, 'Pifanio? —preguntó y corrió a tomar a su hijo por los hombros para darle seguridad.

—¡Ahí, apá, se metió una bruja!

Cogiendo un azadón, el señor fue corriendo hasta la bodeguita. En aquella zona eran abundantes las historias acerca de brujas que se llevaban a los niños para chuparles la sangre y sobre nahuales que, aprovechando su capacidad de transformación en animales, se metían a robar lo que pudieran a las huertas, matando a los propietarios, si era necesario; así que el hombre no se anduvo con dudas. Entró de un salto a la bodega blandiendo el azadón y acercó la antorcha a todos los rincones, mas nada encontró.

Terminado su relato, don Epifanio tomó su pocillo y dio un sorbo a su café.

Julieta y Romina se miraron una a la otra a la luz de las velas y se sonrieron, un tanto incrédulas. Luego voltearon a ver la ventana con miedo. El cristal de ésta estaba empañado por la lluvia y el vapor desprendido de la comida caliente y de las respiraciones de los presentes. Entonces Julieta dijo, con cierto temor:

—Abuelita, me anda del baño. ¿Nos acompañas?

Doña Margarita ponía epazote a los frijoles, arrebujada en su rebozo, pues pese a estar cerca de la estufa, de pronto le venían los escalofríos propios de su edad en época de lluvias. Las miró enternecida y les dijo:

—¿A poco ya les dio miedo? Pero si lo que cuenta mi marido quién sabe de dónde lo saca. Yo he vivido en este pueblo toda mi vida y nunca me ha pasado nada raro. ¡Pero ándenle, pues, vamos al baño!

Éste se había construido recientemente y se ubicaba cerca de la antigua bodeguita, ya en ruinas.

—Hay algo de neblina y están húmedas las piedras —advirtió don Epifanio—. Váyanse agarrando unas a otras, pa' mayor seguridad, no se me vayan a caer.

—Sí, abue' —dijeron las muchachitas y tomaron a la anciana de la mano.

Ya a medio camino, Romina elevó la nariz y olfateó fuertemente.

—Oye —dijo a su prima—, como que huele a algo raro, ¿no?

—Sí, como a chamuscado. Abuelita, ¿no se estará quemando algo en tu estufa?

—No, qué va, si acabo de poner los frijoles y todo lo demás está enfriándose.

Bajaron una veredita rumbo a la fosa séptica, cuando de pronto la abuela, que iba hasta el frente, se detuvo en seco.

—Y ora —dijo con una voz temblorosa y apretando fuertemente la mano de Julieta—, esa señora qué hace allá abajo.

Las niñas miraron en la dirección que les era indicada y, en efecto, vieron a una mujer de pelo canoso como si estuviera haciendo del baño entre las matas.

—Ay, pero qué cochina. Me va a ensuciar mis plantas, y por ahí tengo sembradas algunas calabazas. Pásenme una vara, ahorita voy a decirle que se vaya, pues ¿qué se está creyendo?

Cuando la abuela se agachó a buscar lo que decía, igualmente lo hizo Julieta, pero Romina se quedó viendo a la intrusa y de pronto pegó un grito. De inmediato se incorporaron las dos que la acompañaban. La anciana se fijó en el rostro de su nieta, que tenía los ojos desorbitados y ya no pudo lanzar otro grito. Por su parte, Julieta volteó hacia abajo, no descubrió ya a la intrusa, pero vio que por el sendero corría una estela de niebla, que finalmente se perdió entre los árboles de mangos. La abuela apenas alcanzó a ver aquel fenómeno. Entonces sacudió a Romina, preguntando:

—¿Qué viste, niña? Dinos qué te espantó.

—Vámonos, vámonos ya a la casa. Mejor me aguanto de hacer del baño.

—Pero yo sí quiero hacer —protestó Julieta—. Abue, ¿me acompañas?

—Yo me regreso a la casa —dijo Romina y dio media vuelta.

—Anda, pues —aceptó la abuela sin querer perder de vista a Romina, hasta que atravesara la puerta de la cocina.

Ya sabiendo que la niña espantada estaba al lado de su abuelo, tomó una gruesa vara con una mano y con la otra asió la de Julieta.

Caminaron algunos pasos sin hacer ningún comentario, sólo oyendo sus agitadas respiraciones. De pronto se oyó un rumor entre la maleza y la mujer volvió a apretar fuertemente la mano de la niña.

—Ay, abuelita, me lastimas.

—¿Oíste eso? ¿Qué será?

—Yo creo que la señora que vimos ya se fue, y no creo que nos hiciera daño.

—¿Sabes qué? Ya hazte aquí del baño, ahí, entre la hierbita, pero de este lado, pues allá se oye el ruido.

—No que no querías que te ensuciaran las plantas.

—No, mi hija, pero las calabacitas las sembré de aquel lado. Ándale, ya haz. ¿Traes papel?

—No, pero no te vayas, abue, por favor. Por favor, no me dejes aquí solita.

—No, qué te voy a andar dejando sola, tú.

Mientras hacía sus necesidades, la niña mantuvo el oído atento. De pronto preguntó:

—¿También viste lo que yo vi, abuelita?

—Ay, no me espantes. Pero ¿qué era? ¿Acaso viste a la vieja esa irse volando?

—No, pero ¿cómo es que desapareció tan rápido? Sólo vi una como nubecita larga que se iba así como si fuera una víbora, ondulando sobre el pasto.

—Y ¿qué habrá visto tu prima que gritó tan feo? Pero ya, ándale, apúrate, que ya me dio harto frío.

—Y a mí harto miedo, abue, espérame, ya voy, ya voy.

El camino de regreso lo emprendieron con el temor de que algo o alguien las agarrara de las espaldas. Por eso caminaron muy aprisa, casi corriendo, y al llegar junto al abuelo y Romina, se apresuraron a preguntarle a ésta qué la había hecho gritar, pero la muchachita estaba sollozando y con un té entre las manos.

—Le di algo calientito para que se calmara —informó don Epifanio—. Pues ¿qué les pasó? Venía pálida, pálida. Yo ya hasta iba a ir por ustedes, pero esta chiquilla no quiso que la dejara sola.

—Déjenla que se calme y ahorita que nos cuente todo.

De pronto la niña volteó hacia la ventana y clarito todos vieron cómo se le erizaron los cabellos.

—¡Ahí está, ahí está la vieja bruja!

Todos voltearon hacia el cristal empañado y creyeron distinguir una cabeza hirsuta. El abuelo tomó un machete y salió a investigar. Minutos después volvió sin haber hallado a nadie.

—Pero qué rápido corre esa vieja —comentó apenas entrando.

—¡Es una bruja, una bruja! —gritaba Romina—. Sí, ha de ser la que viste de niño, abue. Yo vi cómo se convirtió en una nube y luego se fue camino abajo.

La anciana y Julieta se miraron con el espanto puesto en sus miradas. Ahora se explicaban esa estela de niebla que se perdía entre los árboles.

—Una nahuala —dijo don Epifanio como para sí mismo, pero prefirió no comentar nada más sobre el asunto.

Momentos después, los viejos acompañaron a las niñas a sus casas, mucho más iluminadas y ubicadas en pleno centro del pueblo.

Y para dormir ellos sin sobresaltos, rodearon su cama con cruces de ajos, los cuales, al parecer, consiguieron ahuyentar a los seres malditos esa noche.

El monte de las brujas

—¡La brujas! ¿Quién cree en ellas? —dijo Estanislao Mendieta, terrateniente del norte del país, removiendo las brasas con una vara. La fogata, debilitada, alumbraba apenas su rostro arrugado.

Aullaron los lobos y las serpientes hicieron sentir su presencia al arrastrarse entre la hierba seca.

Doña Eulalia le sirvió al débil Rubén más café en la taza de latón. Éste bebió hasta ver el fondo de sarro con manos temblorosas y ensuciándose la chamarra de mezclilla. Rubén estaba a las órdenes de esta mujer recia, que manejaba los negocios de su marido Estanislao, a quien siempre se imponía, si bien era cierto que él se esforzaba por creer que era quien decía la última palabra en su matrimonio.

—¡'Tanislao! No hables ahorita de brujas, que ya se acerca la hora —dijo una voz cascada desde el fondo de la carreta en que recorrían las amplias tierras de los Mendieta.

A la luz de la fogata, todos vieron asomarse a la abuela encorvada, y a su vez ella descubrió que Rubén estaba herido, manchando de sangre los vendajes que le cubrían la frente y el brazo derecho.

—Ay, suegrita, ¿pues no estoy diciendo que no crean en eso? Pa' mí que este muchacho se puso a tomar y se cayó sólo allá por la cañada, donde lo encontramos.

—Idiota —murmuró entre dientes el herido.

El patrón se hizo el desentendido. Prefería no seguir enfrentando a este trabajador suyo, que era el único dispuesto a cuidar sus tierras del monte, que algunos llamaban "de las brujas"; además, el joven parecía conocer todos los caminos de la zona.

Entonces el bebé que arropaba en sus brazos Rubén, empezó a llorar.

Voy a mostrarles la prueba clara de que lo que digo es verdad.

El monte de las brujas

—Dios mío —dijo la anciana desde la carreta—, y qué hacías con tu niño por la cañada a estas horas, hombre sin corazón.

—Saben que Mariana me dejó. Se fue con un cabo que pasó por aquí hace días, con el regimiento que buscaba pistas de Pancho Villa. Pues, bueno, me dejó en el jacal a este angelito. Ya sin ella yo no quería vivir allá en lo alto del monte que dicen es de las brujas. Saben que me fui allá pa' estar ora sí que en medio de las tierras que debo cuidar y recorrer todos los días. Bajar y subir pa' este lado y pa' los otros de ese monte así se me facilitaba, pero siempre tuvimos cuidado de rodear al niño con amuletos contra las brujas. Pues bueno, así que llegué anoche y vi a mi angelito solo, y que la mujer ni recado dejó, porque no sabía escribir, sino que un arriero me dijo que se fue con un cabo del regimiento ese, que revisó pronto al niño, pa' ver si no se lo había chupado la bruja, como acá decimos.

—¡Qué brujas ni qué ocho cuartos! —gruñó don Estanislao entre dientes, escupiendo hacia el fuego.

La anciana había conseguido bajar de la carreta con ayuda de su hija Eulalia.

—Pero, ¿qué, Rubencito? —dijo la vieja mujer—, ¿hallaste bueno al niño?

—Yo creí que sí, pues a la luz de la velas se veía todo sano.

Las mujeres clavaron las miradas en las heridas de Rubén, esperando que al fin les dijera lo que le había pasado. Lo habían hallado tirado en la cañada, junto a su caballo tendido por haberse quebrado una pata. Rubén estaba abrazando a su hijo y temblando, más que de frío, de miedo, y blandiendo un gran palo como defensa. Gritaba como atacado de locura y tardó en reconocer a sus amos, quienes habían decidido ir a pernoctar a su casa del monte, a la que servía de atalaya el jacalito que habían prestado a Rubén y su familia, pues había la posibilidad de que su hacienda de la planicie fuera el centro de una batalla entre federales y villistas.

Pero Rubén los había convencido de que regresaran, cargando con él y su hijo, pues las brujas andaban sueltas.

—¿Cómo es eso? Mira que no hueles a mezcal, pero yo creo que te acabaste todo el que te di pa' medio año —le había dicho Estanislao con gran enojo.

Pero Rubén sólo había dicho, con los ojos desorbitados:

—No, patrón. No, patrón.

Entonces se había oído la detonación del tiro con que don Estanislao ponía fin a la ya inútil vida del cuadrúpedo y emprendieron el camino de regreso, con el arriero en shock y el niño durmiendo profundamente.

Ahora, a cuarenta minutos de aquel encuentro, la anciana tomó un leño de la fogata y lo acercó al cuello del niño, para inspeccionar.

—La Virgen santa no ha de querer que este niño tenga la marca de esas malditas.

—¿Y cómo fue que tú, siendo tan buen jinete, despeñaste a tu bestia? —dijo con el seño fruncido el señor, echando más leña al fuego.

Su esposa, pese a lo recio de su carácter, se mostró amable para así hacer hablar al trabajador.

—Anda, Rubén, ya dinos por qué te saliste de tu jacalito y te aventuraste en la noche por esas veredas peligrosas.

Rubén se estremeció, se pasó una mano por el cabello húmedo de sudor y carraspeó.

—Está bueno, voy a contarles, pero juro que no me van a creer.

La anciana estaba por concluir su inspección y se disponía a volver a cubrir al niño con el rebozo, cuando vio algo que la estremeció, mas esperó a dar a conocer su descubrimiento, en espera de que el trabajador concluyera el relato que estaba por comenzar.

—Llorando aún por la huida de mi mujer, dejé al niño en la hamaca. No tenía nada que darle y me fui a dormir deseando que el niño no sintiera hambre sino hasta el día siguiente, así podría ir a buscar leche al establo sin correr el riesgo de encontrarme con las brujas o de que ellas entraran a atacar a mi niño. Pues bien, me quedé profundamente dormido, vencido por el cansancio y el dolor del abandono, de modo que olvidé poner debajo de la hamaca unas tijeras en cruz o cualquier otro amuleto para alejar a las brujas. Lo que sí es que en la puerta quedó colgado un crucifijo y una imagen de la Virgen de la Altagracia, la que tiene sus manos en actitud de proteger al niño Jesús.

"De repente que me despierta un ruido de pasos. Abrí un ojo buscando con una mano la pistola debajo de mi almohada, aunque sé que ni los ladrones se meten a ese monte de noche, y entonces que descubro la sombra de una mujer que desde la ventana abierta —aunque yo hubiera jurado que la dejé bien cerrada— va y se acerca a la hamaca donde duerme el niño. Sentí un escalofrío y que todos los pelos se me pararon. Contra la luz de la luna que entraba por los vidrios de la puerta, la silueta se encorvó sobre el bebé. Entonces que apunto con el cañón de mi revólver, pero me detengo de jalar el gatillo o gritar amenazas, pues por un momento pensé que podía tratarse de mi esposa, que había vuelto, arrepentida. ¡Pero no! Esa mujer parecía vieja y jorobada, además, estaba vestida de negro.

"Entonces que grito:

"—¡Ea!

"Y la vieja esa que voltea a verme y me lanza su mirada con unos ojos como de lumbre. Pero, con todo y miedo, que me paro y la acorralo contra la puerta, por la que no puede salir, pues están ahí nuestro Señor Jesucristo y la Virgen. Entonces empieza a hacer ruidos infernales, como de bestia, y justo cuando me decido a disparar contra esa anciana, ella viene volando hacia mí y con unas como garras me ataca y me desangra el brazo con que sostengo el arma. Luego sale por la ventana. Yo creí que se había llevado al niño, pero no, así que lo cargo, me salgo del jacal, tomo el caballo y me vengo monte abajo. De pronto, justo antes de entrar a la cañada por la que se corta camino pa' la hacienda, que veo volando unas sombras negras, no sé como cuántas. No venían en escobas ni nada de eso, sólo volaban con unas como alas de murciélago. Por voltear a verlas mientras galopo cada vez más rápido, que hago que el caballo dé un mal paso y vamos todos a rodar por tierra. Y por cubrir al niño me golpeo en la cabeza bien fuerte".

Tras un largo silencio, la anciana suspiró y dijo.

—Ya revisé bien el cuello de la criaturita y está limpio, pero...

Todos voltearon a verla, expectantes.

—¿Pero? —dijo el patrón, ya más dispuesto a caer en la misma actitud de credulidad de las mujeres.

—Justo sobre el corazón tiene una mancha negra. Creo que la bruja sí alcanzó a llevarse parte del alma de la criatura.

Entonces se oyó el toque de tambor y trompeta del ejército federal, que llamaba a la tropa a alinearse.

—¡Ya localizaron a los villistas esos federales! —manifestó el patrón, ajustándose el cinto de la pistola.

Estaban entre la espada y la pared: abajo la inminente batalla, arriba las brujas mientras duraran las sombras.

—¿Qué vamos a hacer?

—¡Qué brujas ni qué brujas! —dijo don Estanislao y subió a la carreta—. Órale, trépense, vamos para la casa del monte.

Los demás no tuvieron más remedio que obedecer.

El bebé despertó justo cuando subían la falda empinada. Lloraba como aterrado.

—Te juro que se me paran los pelos de punta nomás de oírlo —dijo la patrona, al lado de su marido.

Cuando al fin llegaron a la casa de los señores en lo alto del monte, el bebé había dejado de existir y un conjunto de sombras parecieron fundirse con los árboles de los alrededores.

A la luz del nuevo día, el monte lleno de vegetación parecía de lo más inocente, y las brujas no volverían a inquietar ese sitio mientras no hubiera de nuevo niños ahí.

El espectro de la piedra

Era el día de la Natividad de Nuestro Señor y don Apolinar Juárez disfrutaba en alegre compañía el festejo más importante del año, pero no se imaginaba lo que estaba a punto de acontecer esa misma madrugada. Justo a las dos de la mañana él, su señora y sus hijos decidieron salir a hacer una fogata al patio, para pasar el resto de la velada cantando y relatando chascarrillos. Pero al ver una gran piedra que destacaba por su blancura como de lápida, el señor les dijo:

—Hace como diez años, al salir antes de que amaneciera rumbo al trabajo, sobre esa piedra del terreno vecino, ¿la ven?, vi a un anciano todo de blanco, estaba ahí sentado, como pensando, y cuando lo saludé solo movió una mano, como si estuviera muy cansado, y luego se agachó y me señaló la tierra.

Todos los niños, cinco en total, sintieron escalofríos.

—Ahora que lo dices —mencionó su esposa, Violeta Saavedra—, ahí una vez vimos salir lumbre mi hermana Chabela y yo, cuando fuimos al baño de madrugada. Uy, pero de eso hace ya mucho tiempo. Nomás habían nacido nuestro Ismael y Laurita.

—¿Qué crees, papá? —dijo ésta, la mayor—, pues yo una vez que entré al cuarto que tiene la ventana hacia allá, que veo una llama que se eleva harto y al mismo tiempo siento que alguien me empuja hacia ella.

—Aaah, ¿a poco? —dijo incrédulo Ismael, de sólo nueve años, sólo uno menor que Laura

—Mejor vamos a meternos —propuso uno de los más pequeños.

—No, esperen, esperen —gritó de pronto Ismael—, miren, ¡la lumbre!

Los chiquillos dieron un brinco y hasta la señora se espantó.

—¿Dónde, dónde? —gritó Adalberto, el menor de todos.

—Pues en la fogata, aaah.

—Deja de burlarte —pidió la mamá dándole un golpecito en la cabeza—. Me va a dar el soponcio con tus payasadas. Pero creo que mejor sí ya hay que meternos. Ya me siento agotada.

Pero el señor, que para entonces estaba pasado de copas, fue a buscar un pico y se dirigió a aquel paraje.

—Y ¿ora, tú? —preguntó extrañada su mujer, ya puesta de pie y tomando a dos de los más chicos para llevarlos a su cuarto.

—Quiero ver qué hay debajo de esa piedra plana. Desde que llegamos a vivir aquí nadie la ha removido y ya me entró la curiosidad.

—¡No, 'apá! —dijo Laurita muy pálida, agarrándolo por el brazo—. Mejor espérate a que amanezca, ahorita me da mucho miedo que vayas ahí.

—Sí, papá —Ismael ahora se veía más serio—. Puede ser una tumba, o algo así.

El señor se detuvo, recargándose en el mango del pico.

—Pos sí, ¿verdad? Ahí han de haber enterrado a alguien hace mucho tiempo.

Todos fueron a dormir, pero a eso de las cuatro de la mañana, unos susurros despertaron a don Apolinar. No entendía nada, pero parecían provenir de afuera.

Pese a su borrachera, que poco se le había bajado con el sueño, salió, tratando de no hacer ruido. Empezó a atravesar el patio rumbo a donde parecía provenir aquella voz, cuando de pronto una sombra se cruzó en su camino.

Se quedó parado, sin querer moverse en un buen rato. A la luz de la luna, todos los objetos conocidos de su terreno parecían adquirir proporciones amenazantes y aterradoras.

—Dios, ¿qué hago aquí? Pero ¿quién me habla? ¿Quién susurra? No veo a nadie.

Entonces descubrió a un anciano sombrerudo vestido de blanco sobre la piedra plana del baldío. Era el mismo que había visto hacía una década.

El anciano se mantenía erguido y parecía mirar hacia donde estaba don Apolinar.

Éste, aunque con voz quebrada, pudo articular:

—¿Quién eres? ¿Qué buscas por aquí?

Pero aquel hombre, cuyo rostro ocultaba la sombra del ala de su sombrero, se mantuvo inmutable.

—¿Quieres una misa, compadre?

Silencio aún.

—¿Dónde está tu cuerpo? —insistía don Apolinar en hacerlo hablar—. ¿Y tu dinero?

Y de pronto sintió que toda la piel se le enchinaba, al ver que el espectro aquel empezaba a bajar de la piedra hacia él.

Don Apolinar dio la vuelta y se fue corriendo rumbo a su casa. Atrancó sin querer ver si aquel engendro venía aún hacia él y pasó toda la noche despierto.

Al día siguiente el señor se decidió a excavar bajo esa piedra. Con una barreta la levantó, pero descubrió sólo piedrecitas menudas y basura que se había colado ahí con la fuerza del viento.

Pero el susto que se llevó el señor afectó seriamente su salud, de por sí deteriorada por el alcoholismo.

Una compañía constructora fue a levantar unos locales comerciales a ese baldío, poco tiempo después de que muriera don Apolinar, y encontró, debajo de la piedrecillas puestas al descubierto por éste, el cadáver de un hombre de edad avanzada y una olla de barro con algunos centenarios, que hubieran sacado de la pobreza a la familia Juárez Saavedra, de haberse decidido don Apolinar a esperar a pie firme al fantasma, que parecía querer decirle algo acerca de la última pregunta que le formuló.

E-mails de ultratumba

Éste fue el penúltimo correo electrónico que hace dos años recibió Azucena García de su ex novio Brian.

"He derramado muchas lágrimas por ti", había escrito Brian como **asunto** a las 11:24 p.m. del 1 de abril. "Tiene años que no había llorado tanto. ¿Me comprendes? ¿Comprendes lo que significa para mí creer que había hallado a alguien que parecía interesarse por mí? Pero discúlpame, esto no tiene por qué importarte. Perdóname por atreverme a escribirte. Siento que hablo al vacío, siempre encuentro los peros. ¿Para qué hablar de mis necesidades, a quién le interesan? No le interesaron ni a mi madre, ni a mi padre, ni a ninguno de mis compañeros o compañeras de la escuela. ¿Soy invisible o transparente? Pero eso qué importa. Voy a morirme de todos modos, y cuánto lo anhelo, pues a mucha gente he suplicado su compañía casi de rodillas y se han burlado de mí o me han ignorado olímpicamente, como tú lo has hecho ahora. Dijiste que me querías sólo como amigo y eso no puedo soportarlo, por eso me voy a... ¡Pero a ti qué puede importarte!".

Después Azucena no supo qué pasó con Brian, hasta que recibió una llamada de la hermana, diciéndole que había encontrado su teléfono en la agenda del chico.

—Pero ¿qué pasó con él, cómo se encuentra?

—Se suicidó colgándose de un clavo en la pared de su depa. Lo supimos días después de que se quitó la vida, pues los vecinos percibieron el olor a descomposición.

Tras compartir el llanto con la muchachita, Azucena se sintió obligada a hacer una pregunta personal:

—Y ¿dejó algo para mí?

—Sí, te voy a leer el recado que dejó en un papelito: "Azucena, no te preocupes, voy a estar bien, pero donde quiera que esté, no voy a dejar de escribirte, pues nuestros intercambios de mensajes iluminaron mi vida cuando más infeliz me llegué a sentir".

Tras despedirse, Azucena encendió la compu para escribir en su diario electrónico sus emociones luego de recibir aquella noticia. Se mantuvo en eso ocupada casi una hora, siempre con los pañuelos faciales a la mano, pues de tiempo en tiempo le acometían ataques de llanto.

De pronto sonó el tono que le avisaba que tenía un nuevo mensaje en su buzón. No pudo creerlo: en la esquina inferior derecha de la pantalla de su computadora una etiqueta le decía que el mail era de Brian Olmos.

–Dios mío, ¿cómo?

Mientras exploraba a la velocidad de la luz todas las explicaciones posibles de aquel hecho, con mano temblorosa dirigió el cursor a esta etiqueta y abrió su cuenta de correo.

Mientras esperaba que se le mostrara el mensaje, la joven se preguntaba si no le había gastado una broma la chica que le habló, en contubernio con Brian, que de algún modo u otro trataba de fastidiarla por haber cortado la relación con él.

El mensaje, supuestamente del ex novio, decía lo siguiente.

"Creí que iba a encontrar la paz, pero no es cierto. Los demonios se han apoderado de mi alma y estoy con otros suicidas en un valle de sombras y de dolor. Reza por mi alma. Ay, quiero salir de aquí. Por favor, ayúdame."

Azucena, indignada ante lo que, en efecto, parecía ser una broma de mal gusto, marcó el mensaje como spam y lo borró de su computadora. Luego, furiosa, marcó al número que se había registrado en su teléfono durante la llamada con la supuesta hermana de Brian.

–¡Óyeme! –dijo en cuanto escuchó el "bueno" del otro lado de la línea, pero decidió tranquilizarse para aclarar mejor las cosas, así que suavizó la voz–. Escúchame, amiga…

–Sí, bueno, ¿quién llama?

–Ah, perdón, Azucena. Esta tarde hablamos sobre…

—Ay, sí. Disculpa. Dime.

—Mira, quiero saber si… alguien me está mandando mensajes de mal gusto desde la cuenta de tu hermano. Por cierto, ¿él no andará por ahí y los dos…? Perdona, pero ¡creo que los dos se están riendo a mis costillas!

—Oye, pero ¿qué te pasa? ¿Crees que yo podría bromear con eso? Por si tienes alguna duda, consulta el periódico de hace una semana. Y ¿quieres que te diga dónde lo enterramos?

—Bueno, pero si no… si no eres tú… ¿Quién me está mandando mensajes desde su cuenta?

—Nadie de la familia conoce sus contraseñas. Seguro tenía varias, pues se pasaba todo el tiempo en internet. Y él no tenía amigos, lo sabes, y si ni siquiera con nosotros platicaba de sus cosas, ¿quién podría mandarte mensajes desde su buzón? Oye, ya me está entrando miedo. ¿No serás tú la que quiere burlarse de mí?

—No, no, ¿cómo crees? Oye, perdóname, pero…

—Pero ¿qué dicen los mensajes que has recibido?

—En realidad sólo ha sido uno —y le platicó el contenido.

Esa noche, tras comprobar por internet que el suicidio del jovencito apareció en algunos diarios amarillistas de hacía ocho días, Azucena decidió bloquear manualmente la cuenta de correo de Brian en el menú **Opciones**. Cabe mencionar que todo el tiempo que estuvo ante su computadora encendida, las manos no dejaron de temblarle ni de sudarle, y por ello a cada rato se equivocaba al escribir o hacer click. Al fin, pudo poner la cuenta de Brian entre los correos no deseados y rogó a Dios que desde el más allá no pudieran desbloquearla.

Luego, pagó varias misas por el eterno descanso de Brian y, gracias a Dios, hasta ahora no ha vuelto a recibir ni un solo mensaje desde la dimensión de los muertos.

La extraña mujer de negro de la carretera México-Toluca

Debido a su trabajo, Gilberto Loera debía hacer de noche el recorrido entre la ciudad de México y la de Toluca. Siempre iba con su compadre Ireneo, pero éste había agarrado una gripe tremenda aquella tarde de diciembre y, por ello, en medio de las sombras, don Gilberto iba solo y temeroso manejando su viejo auto. Ya había oído rumores de que en esa carretera sucedían cosas muy raras. Para distraerse, traía la radio encendida.

Atravesó el túnel que está después de La Marquesa y por el que hoy se acorta mucho el recorrido entre las dos ciudades. Al salir de dicho tramo, volvió a oírse la música del recuerdo de una estación especializada en avivar la nostalgia de los sesentones. Era un bolero que le hizo atravesar entre gratas memorias el largo puente de cemento que sigue al túnel.

Después circuló entre los cerros cortados de tajo para dar paso a la nueva carretera, que, por cierto, cuando esto sucedía, tenía poco tiempo de haber sido inaugurada.

Gilberto empezó a cantar acompañando al intérprete de la radio cuando de súbito, al dar una vuelta, vio a una anciana de negro que caminaba hacia adelante al lado de la carretera. Esto le pareció muy raro, pues sabía que en kilómetros a la redonda no había ni una sola casa.

—Ah, carajo. ¿Qué hace solita por acá y a estas horas?

Consultó su reloj de pulsera. Eran pasaditas de la medianoche.

Antes de que alcanzara a la mujer, ésta empezó a bajar el empinado terreno, alejándose de la carretera; por cierto que parecía caminar inusualmente rápido, pese a que no aparentaba mover mucho las piernas.

Cuando Gilberto pasó por donde la mujer había empezado a descender: ya no se le veía ni la cabeza. El hombre no pudo evitar sentir una opresión en el pecho, pero se esforzó por no dar demasiada importancia al suceso. Sin embargo, un nuevo descubrimiento lo puso alerta, tenso, lo cual le preocupó sobre todo porque el médico le había recomendado evitar las emociones fuertes, dadas sus dolencias cardiacas. Sucedió que la señal de la radio se había perdido unos instantes, sin haber razón para ello, pues había sucedido justo cuando iba ya por un terreno alto, sin cerros a la vista.

Poco a poco la señal fue volviendo. Don Gilberto comenzaba a entonar una nueva melodía cuando la voz se le quebró de golpe, pues los faros de su vehículo iluminaron de repente a la misma mujer que viera unos cinco kilómetros atrás. Ésta iba entrando a la cuneta despacio, siempre de espaldas al conductor, avanzó unos metros con su andar calmado, y más adelante volvió a bajar, para irse desvaneciendo entre las sombras.

—Madre de Dios.

La radio volvió a perder la señal y la recuperó de nuevo metros adelante.

Para entonces el conductor estaba a punto del desmayo y empezó a tallarse el pecho fuertemente. Aceleró, con peligro de no poder controlar el auto entre las curvas, pues deseaba alejarse de ese paraje cuanto antes.

Disminuyó la velocidad cuando pudo ver las luces de la ciudad de Toluca. Sólo entonces se sintió seguro de no volver a encontrarse con el espectro de la mujer enlutada.

Los avisos de ultratumba

Ni una palabra, sólo tomaron a la chiquilla de las manos y la despojaron de la mochila y del uniforme; fue una ocurrencia del momento: los dos patrulleros fumaban mariguana al lado de un caminito de terracería y vieron pasar a la colegiala.

—No fue idea mía –se decía Francisco en el insomnio-. Luego, el que la asfixió fue el Lupercio.

No sabía a quién platicar de esto para aliviar su alma. A Lupercio lo había salvado de la tortura de la conciencia una bala que le atravesó el corazón cuando enfrentaron a unos asaltantes de bancos.

Lupercio acababa de ser papá de una bebita, y decía que no quería morirse por el miedo de que no iba a haber quién la cuidara de tanto maldito como hay en este mundo. Y hasta se rió, pero como sin ganas, y esa risa falsa e idiota la odió siempre Francisco, que sufría mientras recordaba su gran pecado, y es que era padre de familia: de dos chamacos y de una linda muchachita de doce.

—¡Cómo le fui a hacer caso al Lupercio!

Pero si Francisco también quiso, que no se hiciera tonto.

"Ándale, va sola, no dejes que se nos escape", le había instado el difunto.

Francisco ve ahora a su hija adolescente y al sentir que le duele el corazón por las presiones, por el colesterol y el tabaco, y a causa de los temores que le da su trabajo de policía, se dice: "¿Qué va a ser de mi niña si me muero, con tanto malora como hay en este mundo?".

Entonces, mientras ve dormir a su esposa y a todas sus criaturitas, siente como si alguien muy pesado se le recargara de repente en el hombro izquierdo.

—¡Órale! ¿Qué diablos…?

Aún lleva el uniforme, la pistola al cinto, y voltea apuntando con el arma.

Pero no es nadie, al menos nadie de este mundo.

Vuelve a poner el seguro al arma.

Nervioso, va hacia el lecho matrimonial, mas al disponerse a dejar la pistola en el buró, le entran fuertes deseos de suicidarse. Ya no soporta la culpa. ¿De qué modo educará a sus dos hijos y a su hija después de lo que hizo?

En un par de segundos toma el arma y la dirige a su sien, quita el seguro con la otra mano, sin retirar el cañón de su carne, más siente que alguien con fuerza descomunal le arrebata la pistola.

Se queda demudado por momentos, luego empieza a llorar y cae de rodillas. Entiende, o cree entender, que su castigo mas bien será soportar la culpa hasta que Dios o el Diablo decidan que sobra en este mundo.

Al día siguiente, al despertar, Francisco tiene la esperanza de que todo ha sido una pesadilla, más en sus manos ve las marcas de los dedos que aprisionaron sus manos para impedirle huir por la puerta falsa al otro mundo.

Entonces lo pasma lo que le cuenta su mujer, mientras lo abraza.

—¿Sabes qué? Soñé que tu compadre Lupercio, que Dios tenga en su gloria, venía a visitarnos, pero, es extraño, traía en la espalda a una mujer toda agusanada, y nos decía que así la iba a cargar por toda la eternidad, por no haberse arrepentido de su pecado en vida y no haber reparado el daño. Qué extraño sueño, ¿no? Si el siempre fue una buena persona, y su esposa le llora mucho, pero mucho, la pobrecita.

Francisco se puso a llorar de nuevo, ante la extrañeza de su mujer, pensando en que su compadre, a fin de cuentas, no había sido tan maldito, pues le quiso avisar del castigo eterno si no buscaba, de un modo u otro, reparar todos los daños que había hecho a sus semejantes, para descargar en algo su alma de los pagos que tendría que hacer después de esta vida.

Entonces tomó algunas pocas pertenencias y fue a entregarse a las autoridades.

Las cargas de los muertos

Mucha gente dice haber soñado con sus seres queridos poco después de que éstos se van, y los sueños son tan reales que parecen más creíbles que la realidad de todos los días, pero en especial un sueño sobre los que han partido al otro mundo llama mucho la atención, y tiene que ver con la historia de Juana Palacios.

Cierto día de junio recibió una terrible llamada: su padre había muerto en un accidente automovilístico.

La muchacha era la mayor de las hijas de una numerosa familia, muy unida, eso sí, de modo que debió hacerse la fuerte para comunicar el triste acontecimiento con serenidad, para así servir de pilar a la familia.

Un estado de negación fue lo primero que se dejó entrever entre los diversos miembros de la familia Palacios. "¿Pero cómo?"; "Dios santo, si apenas esta mañana......"; "Y yo que me puse a discutir con él por una tontería"; "¿En serio no va a volver?"; "¡Papá! ¡Nooo, mi papá está bien!".

Poco después, Juana y su madre fueron a reconocer el cadáver y se hicieron todos los preparativos para el funeral y el entierro.

Pero, un mes después, seguía el llanto en la familia Palacios, debido a que el padre siempre fue un ejemplo a seguir en todos los aspectos. No era fácil echarlo al olvido.

Pero una noche en que Juana estaba mojando su almohada con las lágrimas vertidas por su padre, de pronto lo vio ante sí cargando un enorme costal.

—¿Papá? —se dijo, sin estar segura de si estaba dormida o despierta—. ¿Papá? ¿Por qué estás triste, qué llevas ahí?

Mas el difunto sólo la vio muy decaído y se empezó a desvanecer.

Juana no supo más de sí sino al otro día, ya muy tarde. Entonces se levantó aprisa y, sin hablar mucho con nadie de la casa, corrió a consultar a un brujo acerca de lo que había visto.

El hombre canoso hizo un signo de comprensión con la cara y la mano.

—Ya, entiendo. Tu padre está deseoso de emprender su viaje al más allá, pero ustedes con su llanto constante y sus misas, con sus rosarios, no lo dejan descansar. Él lo que quiere es eso, irse de esta dimensión y disfrutar de un merecido descanso. No desea ya saber más de lo que vivió en esta existencia, que fue un martirio para él, por sus múltiples labores, amargos recuerdos y dolencias físicas. Los quiso mucho, pero ya es tiempo de que pase a una nueva etapa. Y ¿quieres saber lo que lleva en ese costal?

—Sí, sí, por favor. ¿Por qué estaba tan triste, acaso no era por irse de nuestro lado así, tan de repente?

El brujo guardó silencio un momento, sin saber cómo expresar la respuesta sin dañar mucho la sensibilidad de los deudos. Al fin se decidió a seguir hablando con extrema claridad:

—Pues en ese costal lleva cargando el dolor y las lágrimas de todos sus seres queridos, los cuales no lo dejan irse en paz al más allá. Por favor, ya no le lloren, ya no le recen ni le manden decir misas, déjenlo reposar.

Curiosamente, contra lo que el brujo esperaba, Juana se relajó, dejó caer los miembros a los lados y aceptó esa respuesta como la más lógica que hubiese podido oír en su vida.

Sin embargo, esa noche no pudo evitar las lágrimas y soñó que su padre iba por un llano calcinado arrastrando un bulto mucho más grande que el que le había visto la última vez.

Entonces despertó y fue al cuarto de su madre, que aún no dormía y besaba una foto del difunto. Le platicó ahora lo que le había dicho el brujo y ella hizo todo lo posible, mordiéndose las lágrimas, por aguantar el dolor. Al fin, un poco repuesta, pudo mencionarle esto a Juana:

—¿Sabes? Yo también lo he soñado así, triste y con un pesado costal.

Ambas se abrazaron y se juraron guardar sólo un bonito recuerdo del jefe de la casa, mas ya no llorarle ni mandarle oficiar misas.

A partir de entonces dejaron de soñar en el buen hombre y decidieron continuar sus vidas siguiendo los buenos ejemplos que él les dio.

La ouija maldita

Lo que preocupaba a Ana Laguna, habitante de Tijuana, antes de que viviera la traumática experiencia que vamos a referir, era el modo de saber el futuro, para así conseguir fama y fortuna.

A mediados de octubre de 1996, don Rodrigo se animó a escuchar a uno de los cantantes preferidos de Ana, su hija adolescente, pero deseaba oír algo más inteligente. Ya bastaba de esas tonterías de hablar mal de todo, hasta de Dios, y poner al éxito material como lo más importante en la vida. La idea quedó en su cabeza, hizo cualquier comentario neutral y volví a la lectura del periódico.

—Pues aunque no quieras, voy a poner otra vez esa canción. ¡Papá, entiende! Los jóvenes ahora no tenemos esperanzas. Los adultos nos cierran las puertas y nos critican. ¡De algún modo tenemos que expresar nuestro sentir! Mi amiga Rocío esta igual de desesperada. Sus papás, ¡los dos!, la limitaban mucho y hasta la obligaron a dejar al muchacho que más quería, pues según ellos era una mala influencia para ella, y no les cayó bien porque se drogaba un poco, ¡pero la verdad es que tenía mucho dinero el tipo!

—Ah, caray. No me habías contado nada.

—Es que siempre estás ocupado. Nunca tienes tiempo para nosotros, tus hijos. Sólo te importa ganar dinero.

—Pero, Ana —dijo el señor acercándose a ella—, lo hago por ustedes.

De pronto ella se soltó a llorar.

—¡Papito, papito, perdóname! ¡Soy tan injusta!

Se lanzó a abrazarlo y él, contra su costumbre, lo permitió. La verdad es que no estaba de acuerdo con la expresión espontánea, de sentimientos, pues creía que eso hacía débiles a sus hijos: Ana de 17, y Armando, de 21, cuando lo que más necesitaban era mostrarse fuertes dentro de una sociedad cada vez más caótica. Pero, al mismo tiempo, afirmaba que únicamente se podía tener verdadera fortaleza si se invocaba a Dios, ya que la voluntad del individuo aislado no servía de nada.

Al pensar en todo esto, y considerando que el abrazo había durado lo suficiente, don Rodrigo alejó a su bella hija con firmeza.

Ella, si hubiera notado cualquier indicio de iracundia, bien podría haber reclamado que eso no era propio de un buen cristiano. Pero el señor se sintió como Cristo lanzando el látigo contra los mercaderes dentro del templo de Jerusalén; había que ser tolerante con el pecador, pero intolerante con el pecado.

—Fe, mi hija, lo que necesitas es fe, y ni yo ni tu madre ni el cura te la podrán dar. Tú tienes que encontrarla y cultivarla por tu propia cuenta. Así nunca te sentirás sola ni abandonada, aunque tus padres no estemos contigo.

Esa tarde, mientras Armando iba a sus actividades deportivas y don Rodrigo y su esposa comían fuera, Ana recibió la visita de Rocío, quien traía un extraño paquete bajo el brazo.

—Hola, pasa. Oye, ¿qué es eso?

—Ni te imaginas, Anita. Ésta es la solución a nuestros problemas.

Al descubrir de qué se trataba, Ana puso cara de perplejidad.

—¡Una ouija!

—¿No me dijiste que te gustaría saber el futuro para triunfar? Pues mira, a esto se le puede preguntar todo lo que quieras, pero debes hacerlo junto con otra persona para tener respuestas más precisas.

—Pero...

—No hay peros. Anda, vamos a aprovechar que estamos solas y a jugar. Apaga la luz. ¿Tienes unas velas?

Al poco tiempo, estaban hincadas sobre la alfombra ante la mesita de centro, iluminadas sólo por una velita y por una veladora.

Hicieron preguntas sobre el número ganador de la lotería y los modos de invertir mejor el dinero obtenido.

Anotaron cuidadosamente los dígitos indicados. Sólo hasta después se les ocurrió indagar con quién se estaban comunicando.

—¿Eres un demonio o un alma en pena? —interrogó Rocío.

Esta vez no obtuvieron respuesta alguna.

—Vamos a facilitarle las cosas —propuso Ana y se dirigió a la ouija—. Si eres el alma de un muerto, toca una vez en esta mesita; si eres un demonio, toca dos veces.

Casi automáticamente sonaron dos golpecitos por debajo del mueble.

Ana dio un brincó hacia atrás, luego se echó a reír, viendo que Rocío no se había movido de su lugar.

—Ay, no seas payasa.

La visitante se puso de pie.

—No fui yo, Ana. ¿Tampoco tú?

—Deja de hacerte la graciosa y siéntate. Si no fuiste tú, dime por qué no te sorprendiste.

—No sé, tal vez porque no esperaba que en realidad sucediera esto. El que se te señalen los signos sobre la tabla es una cosa, pero algo así... me da mucho miedo.

—¿Ya no quieres jugar? ¡Pues qué cobarde!

—Está bien —Rocío volvió a su lugar—. ¿Pero ahora qué quieres saber?

Ana se quedó callada unos momentos.

—Mmh, quiero estar segura de que no estás mintiendo y que en realidad alguien más tocó la mesa. ¡Así vamos a estar también seguras de que el número que recibimos es el correcto! Te juro que en ese caso voy a conseguir el billete de lotería indicado por todo el país —y aprisa se puso a preguntar-. Puedes darnos una muestra de tu presencia aquí.

El ser respondió que sí.

—¿Cómo? —preguntó ahora Rocío.

La ouija deletreó:

"Moviendo un objeto."

—¿Cuál? —dijeron ambas, cada vez más emocionadas.

Ahora la respuesta fue:

"La muñeca que está sobre el brazo del sillón."

—¿En cuánto tiempo lo harás? —dijo Ana, ansiosa.

No hubo movimiento alguno en la ouija.

—Ay, Dios santo —dijo Rocío irguiéndose—, yo me voy. Si quieres, quédate con la ouija. Ya no puedo con mis nervios. ¡Mira, las manos me están sudando!

De súbito, la muñeca cayó al piso.

Las dos amigas se pusieron a gritar, desgañitándose.

Luego Ana empezó a reírse, pero con las lágrimas empapando sus mejillas.

—¿Cómo crees? La muñeca estaba mal puesta.

De pronto vieron una sombra con cuernos sobre la cortina.

—Pero, ¿qué es eso? —dijo Rocío, ocultándose detrás de su amiga.

Ana se hizo la valiente y fue hacia la sombra.

—Es un chistosito disfrazado y a media calle. Vas a ver.

Descorrió la cortina, pero afuera no había nadie. Sólo se veía caer la llovizna sobre la banqueta.

Luego oyeron una voz arrastrada que decía: "Recompensa".

Rocío salió corriendo de esa casa y cruzó la calle resbalosa sin ver que un carro se aproximaba a gran velocidad. El conductor apretó el freno, pero derrapó sobre el asfalto y embistió a la joven.

—¡Nooo! —gritó Ana desde su puerta y corrió a auxiliar a su amiga.

Rocío tenía su cabeza sobre un charco de sangre. Respiró todavía unos segundos, aunque débilmente, y luego sus ojos perdieron todo brillo.

Había viento y la lluvia arreció, así que el polvo era sacudido de árboles, techos y ventanas. Se arremolinaba nubes negras y destellaban, soltando aún más lluvia, haciendo de la periferia de la ciudad un panorama catastrófico y maloliente.

Con el rostro cubierto por sus manos, Ana lloraba y maldecía a la ouija, a la vez que deseaba que su padre estuviera a su lado para consolarla.

Con este clima, manejar de vuelta a casa era muy difícil para don Rodrigo. Controlar el auto resultaba toda una hazaña, sobre todo para él, que sufría de artritis.

Su esposa le sugirió que se orillara y esperara a que mejorara el clima.

—No, mujer, tengo un mal presentimiento, la niña está sola y... no sé qué pueda pasarle. Podrían entrar a robar, ¡yo qué sé!

—Para empezar, ya no es una niña, y... ¿Pero qué vas a hacer, por Dios? ¿A rebasar en curva?

—Tienes razón, qué bruto soy. Perdóname.

Ante el siguiente semáforo en rojo, el señor trató de serenarse.

—Mi amor, tengo un fuerte presentimiento de que Ana está mal.

—Pues sí, muy mal educada.

—No, no es eso a lo que me refiero. Quiero decir que está en peligro. Pero, ¿qué demonios pasa con ese maldito semáforo? —el señor volteó a ambos lados de la avenida transversal y, creyendo que ningún auto se acercaba por los lados, puso el auto en marcha.

—Rodrigo, van a multarnos.

—¿No ves que ni patrullas hay?

Pero un auto negro de un modelo muy extraño, salió de la nada y embistió el vehículo de la pareja.

Ana fue notificada horas después, cuando los paramédicos que atendían su crisis nerviosa, consideraron que no era posible ocultarle más la información. Sus padres estaban en Urgencias.

—¡Armando! ¡Armando! —dijo fuera de sí.

Pronto, los jovencitos recibían juntos la terrible noticia del deceso de sus padres por parte del personal médico.

—¡Dios es injusto! ¡Dios no existe! —renegaba Ana.

Por momentos pensaba que Dios había castigado su ambición arrebatándole a sus padres y a su amiga. Entonces recordó la palabra "recompensa".

—No, no fue Dios, sino el Diablo. Se llevó sus almas a cambio de haberme dado el número ganador de la lotería.

Buscó aprisa el papelito. Lo encontró sobre la alfombra, pues ni ella ni su hermano habían aseado la casa en días.

—¿Qué día es hoy? —a duras penas recordó ese dato—. Maldita sea, tengo que apurarme para conseguir este billete. Que de algo hayan valido las tres muertes. Carajo, pero ya es tarde

Cuando iba como única pasajera en el autobús, rumbo a la zona de comercios, pensaba:

—Pero Armando nada tenía que ver en el asunto, e igualmente se quedó huérfano. Él siempre fue obediente, nunca discutió ni con mamá ni con papá ni se mostró tan materialista como yo.

Iba con la cabeza agachada, confundida por ir en pos de la fortuna que se le había ofrecido a tan alto precio.

De pronto percibió que alguien estaba en el asiento de enfrente. Aterrada, fue levantando la vista poco a poco y se encontró con su amiga Rocío, o un ser vestido del modo en que ella acostumbraba hacerlo. No se podía ver bien su rostro, ya que tenía la cabeza agachada y el pelo formaba una cortina muy negra. Pero la ropa, el calzado... Sí, igualitos a los de ella.

Ana no quiso investigar, pues sintió que el terror se apoderaba de ella. Ese ser no era de este mundo, pues cómo habría podido llegar hasta ahí sin que el autobús hiciera una sola parada desde que ella lo abordó. Pero ¿qué hacía ahí? ¿Qué quería? ¿Traería un mensaje del más allá? Ninguna de estas preguntas hubiera podido formularlas la ya muy nerviosa Ana, que prefirió bajarse mucho antes de llegar a su destino.

Pero no alcanzó a descender. Ese ser se interpuso entre ella y la puerta trasera. Estaba ahí, frente a ella, con todas las facciones de su querida amiga, pero el cabello de la nuca se veía apelmazado, como si se hubiera puesto mucho gel.

—Nooo, es sangre. ¡Tú estás muerta, muerta! —gritó Ana desde lo más hondo de su alma y se puso a llorar.

Y no pudiendo soportar un segundo más esa mirada de dolor y soledad de la aparición, Ana echó a correr hacia la puerta de adelante, rezando el padre nuestro y cuanta oración se supiera, imaginando que el espectro trataba de detenerla y hacerle daño.

—Padre nuestro, Padre nuestro que estás en el Cielo... ¡Santa María, Madre de Dios! Por el amor de Dios, chofer, párese. ¡Nooo, ay, no deje que me atrape! —dijo cuando creyó percibir a sus espaldas el aliento pestilente de la muerta.

El conductor se había detenido de golpe y volteó a revisar su autobús, pues estaba seguro que no llevaba a nadie más que a esa chica histérica.

Al fin Ana pisó la calle y siguió aprisa por las calles, como loca, hasta dar con una iglesia. Poco a poco cayó en la cuenta de que era la misma en que la habían bautizado.

Se hincó ante la imagen de bulto de la Virgen y se puso a rezar con la vista en el piso, sin querer voltear a los lados, por miedo a ver otra aparición, quizá la de sus padres.

Se fue calmando y cuando se sintió lo suficientemente fortalecida, encaró a la Virgen que estaba en el nicho que tenía enfrente. Ignorante de qué advocación representaba, por haberse alejado mucho de la religión; se puso a examinarla, pero de rato en rato se detenía en el rostro, pues intuía que había algo raro en ella, algo vivo, como si en cualquier momento la representación de la Madre de Dios fuera a hablar.

Entonces sobrevino algo que ella, en su estado de ánimo, consideró espeluznante: la Virgen, de madera revestida, cerró y abrió los ojos: una, dos, tres veces.

—No, no, nooo —se levantó la jovencita y salió de ahí aprisa.

El miedo a todo y a todos le hizo andar de un lado a otro de la ciudad por horas. Creía que en todos lados se hallaba oculto algo sobrenatural. Poco después de las doce de la noche, su hermano llamó a la policía y la localizaron caminando sobre una avenida solitaria, hablando incoherencias, en que se mezclaban el diablo, la ouija, sus padres y la lotería. Entonces decidieron pedir la ayuda de personal médico.

Ana todavía hoy lleva una terapia, y ha tenido que mantenerse internada por algunos periodos en un hospital siquiátrico.

Pero lo que más la afecta es que siente terriblemente desconsolada, pues cree que tanto los poderes del Cielo como los del Infierno están en su contra.

Puertas que se abren y cierran solas

—¡Desalojen el edificio, pronto! —gritaron por las bocinas de las instalaciones de la policía capitalina.

Amanda, una de las más eficientes asistentes de los jefes en esa época, casi se derrama el café en la blusa al despegarse de su silla. En el pasillo encontró al comandante Gabriel Garza, muy hábil y valeroso combatientes contra la delincuencia.

—¿Qué pasa? —le preguntó ella agarrándolo del brazo para evitar caer de sus altas zapatillas.

—Avisaron que hay una bomba. Los muchachos ya están revisando por todos lados.

—Dios mío, que no vaya a ser verdad.

Al bajar las escaleras hacia la planta baja, Amanda sintió un extraño presentimiento. De pronto creyó ir del brazo de un cadáver y temió por Gabriel.

"Van a matarlo, van a matarlo hoy mismo", se dijo ella muy nerviosa.

Dos hombres fuertemente armados los vieron salir del edificio desde una camioneta azul estacionada en la esquina.

El vehículo arrancó suavemente y avanzó con ligereza hacia la pareja que esperaba a cruzar la calle.

Dentro de un establecimiento de comida rápida, el agente Ernesto Sampedro, uno de los primeros en abandonar las oficinas, se peinaba el bigote mientras mascaba nerviosamente un chicle insípido ya, sin decidirse a tomar asiento, mirando la calle que cruzaba su admirado colega, al lado de la guapísima Amanda. Entonces, acuciado por un mal presentimiento, Ernesto desenfundó su arma a la vista de todos los comensales, que se pusieron muy nerviosos.

En ese momento vio acercarse la camioneta azul y distinguió de inmediato que el copiloto elevaba el cañón de un arma larga para apuntarle a Gabriel.

—Lo sabía —se dijo y empujó a un lado a la mesera que se acercaba para atenderlo.

Años practicando el tiro al blanco dieron como lógico resultado que el proyectil que salió disparado de su arma cortara el aire, incendiándose, y fuera a incrustarse, primero, en el parabrisas de la camioneta y luego en el ojo izquierdo del sicario.

El conductor de la camioneta, en cuanto vio estrellarse el cristal y mancharse de sangre el tablero sintió tal terror que apretó el acelerador, pero un par de cuadras adelante chocó con otro vehículo. Decenas de agentes rodearon a los delincuentes en cuestión de segundos. El herido estaba agonizando. Tras un breve interrogatorio, el conductor informó que les habían pagado para liquidar al comandante Gabriel, en venganza por haber capturado éste al jefe de su banda de secuestradores.

De vuelta en su oficina, Gabriel se quitó el saco y se aflojó la corbata antes de sentarse en un destripado y oloroso sillón de vinil negro. Vio que a Amanda le temblaba la mano con la que intentaba voltear una taza que estaba secándose en la tarja y a Ernesto hacerlo por ella, luego suspiró fuertemente y le palmeó la sólida espalda al muchacho.

—Pareces mi ángel de la guarda. ¿Cómo supiste que estaban ahí?

Ernesto tardó en responder. Vació un sobre de café instantáneo en la taza y una cucharada de azúcar; luego puso una servilleta de papel en la base del recipiente y lo acercó a la llave de agua caliente. Cuando removía con una cucharita y le tendía la taza a la alterada Amanda, miró al fin a su interlocutor, sonrió y se detuvo con la boca abierta. Lo pensó mejor y dijo, simplemente:

—Piensa mal y acertarás.

—Ah, ¿eso es todo? —sonrió Gabriel socarronamente.

Ernesto devolvió la sonrisa y se sentó en un brazo del sillón. Notó la mirada aguda de Amanda, quien parecía estarle leyendo la mente. Se turbó un poco y trató de explicarse, pero realmente la idea que tenía en mente no salió a flote.

—Mira, mi estimado Gabriel, cuando has herido a la fiera, tienes que cuidarte a cada segundo, pero... evita ponerte paranoico, porque entonces, como el que se enoja, no funcionas. Con las emociones violentas tu mente, esta maravillosa máquina que Dios nos dio, no sirve para nada.

—Por eso hay que comer bien...

—Principalmente frutas, vegetales, nunca carnes rojas, y hacer ejercicio todas las mañanas —Ernesto hablaba medio en broma—, pero sobre todo...

Amanda, quien ya se había alejado para continuar con sus labores frente a su computadora, aún mantenía un oído atento a lo que ellos platicaban, e intuyó que Ernesto se acercaba a lo que realmente deseaba decir, pero también adivinó que nunca lo expresaría ahí, en la oficina, por el temor a que lo tomaran como un loco o a que pensaran que estaba drogado.

—Sobre todo... suéltate en los brazos de Dios...

—Soy ateo. Pero contesta sin enredos esto —pidió Gabriel—: ¿cómo supiste que lo de la bomba era sólo para desviar la atención y poder ejecutarme?

Ernesto cruzó una mirada de entendimiento con Amanda, aún cuando hasta ese día no había habido sino pocas y frías relaciones de trabajo.

Gabriel notó esas miradas y se dijo: "¿Qué se traen estos locos?". Entonces su camarada le palmeó el hombro y le dijo, simplemente:

—Puro sentido común —y volvió a tocarse la cabeza con el índice derecho—. Acuérdate, Dios nos dio un cerebro, nos dio inteligencia y voluntad —se encogió de hombros—. ¡Sólo hay que usarlas! —y se fue.

El otro sólo levantó los hombros y volteó a mirar a su guapa asistente.

Esa noche fue terrible para Amanda. Vivía sola en un departamento ubicado en un séptimo piso y estaba tratando de leer la Biblia a la luz de una lamparita en su sala, pero no podía concentrarse, pues la tenía inquieta el que hubiera presentido, al igual que Ernesto, el peligro que corría Gabriel, y el que hubiera sentido que podía leer los pensamientos de ese joven policía. ¿Y si fuera verdad lo que le habían dicho en un centro espiritualista, al que la llevó su madre: que ella tenía un aura muy luminosa y el don de ver en otras dimensiones, así como el futuro? Después de todo, podía mover cosas con la mente siempre que estuviera realmente alterada, como las dos veces que movió objetos de un lado a otro, consciente del lugar de destino: a los 18 años fue una vela apagada, que hizo ir desde una repisa hasta el alféizar de la ventana. Esa ocasión se encontraba especialmente tensa porque no había logrado ingresar a la universidad que deseaba. Entonces la única testigo fue su mamá, quien quedó pasmada y, temiendo que alguna entidad mala la estuviera rondando, había decidido llevarla con especialistas en la materia.

Luego fue un vaso el que elevó por los aires, desde la mesa del comedor hasta la barra que separaba éste de la cocina. Ahora presenciaron el hecho tres compañeras de la escuela de secretariado, que la visitaron una tarde para hacer una tarea escolar. Al ver el espanto en el rostro de las visitantes, Amanda aclaró:

—No se preocupen, no pasa nada. Sucede cuando estoy muy tensa —y lo estaba porque una de aquellas muchachitas había conquistado al chico que le gustaba.

Ahora Amanda se decía:

—Sé que, al igual que Ernesto, tengo un papel importante en la lucha contra el mal. Llevo años depurando mi alma para estar en condiciones de responder a lo que Dios solicite de mí, pero... aún soy muy cobarde.

No bien acababa de decir esto y sin que hubiera corriente de aire alguna, la puerta de su recámara, al fondo del pasillo en penumbras, se abrió y se cerró sola. Amanda se quedó a la expectativa, temerosa de que hubiera entrado algún delincuente.

Se levantó, fue por un enorme cuchillo a la cocina y fue hacia su habitación, encendiendo todas las luces. Exploró hasta debajo de su cama, pero no vio nada raro.

Salió de su cuarto, apagó el foco y con las piernas temblando revisó la puerta. ¿Cómo era que se había abierto y cerrado sola? La cerró con fuerza y volvió a la salita, dejando de nuevo a oscuras el pasillo.

Iba a sentarse de nuevo cuando sintió que alguien la observaba.

Fue girando lentamente la cabeza hacia el pasillo de nuevo a oscuras.

¡Allá, al fondo, estaba una enorme silueta semihumana!

Los cabellos se le pusieron de punta, pero recordó lo que le dijo su guía espiritual: que era así como se le iba a manifestar todo el mal que había expulsado o que quería expulsar de su alma, pues querría aterrarla para que abandonara su camino de purificación. Pero su guía también le dijo que tendría que enfrentarlo sin importar el miedo, o destruiría toda su vida.

Así que Amanda respiró profundamente y, aunque sentía que iba a caer desmayada, fue corriendo al fondo del pasillo blandiendo el cuchillo y gritando amenazas, para alejar a esa bestia del mal.

El acto surtió el efecto deseado: aquel ser empezó a desvanecerse.

Encendió la luz, se recargó en la pared temblando convulsivamente y dio gracias a Dios por ello.

Sabía que tenía que seguir con aquella lucha y no demostrar ningún miedo, o la vencerían.

De modo que tendría que dormir en su cuarto, como si nada hubiera pasado.

Una hora después, ya acostada y con la luz apagada, se puso a rezar sin poder quitar la vista de la puerta, y poco a poco fue quedándose dormida.

Sólo una vez, entre sueños, creyó oír que la puerta se abría y se cerraba sola. ¿Había salido o entrado el mal?, se preguntó, pero no supo más de sí sino hasta que clareó el día.

Al día siguiente, domingo, Amanda recibió una llamada de Ernesto, quien le dijo que le urgía hablar con ella.

—Ah, ¿sí? ¿Y adónde me vas a invitar?

El joven mencionó un conocido restaurante del Centro.

—Okay. ¿A las dos está bien?

—Perfecto.

Horas después, Amanda resumía las ideas que acababa de expresarle Ernesto.

—¿Así que no hemos de morirnos sino hasta que hayamos cumplido nuestro deber? Pero ¿cuál es el mío, exactamente? No sabes cómo te envidio, porque tú ya hallaste tu función en este mundo. Pero y ¿yo? ¿A qué debo dedicarme? No sería capaz de andar armada o…

—Bueno, para empezar —él le tomó una mano, con firmeza, como se estrecha la de una hermana—, ¿no te parece maravilloso que estemos platicando aquí, como dos viejos conocidos, cuando ayer ni siquiera nos saludábamos al pasar uno al lado del otro?

—Yo como que sí quería hablarte, pero, ¿te soy sincera?, me dabas miedo, con esa cara. Me decía: "Ay, este muchacho se ve que es bien enojón".

—Pues ése es mi mayor problema, pero creo que voy controlando la ira.

—¿Por todo te enojas?

—Por casi todo, y me doy tanto miedo a mí mismo que temo cargar una pistola, pero ¿qué quieres?, es mi instrumento de trabajo.

—Pero aun así, fíjate, con todo lo irascible que eres, tienes cualidades de ángel guardián —en ese momento ella puso un semblante de angustia—: ¿Y yo, Ernesto, qué soy? Tengo ya casi treinta años y me siento una inútil. Cada que me voy a dormir pienso que he desperdiciado el día, que en algún lado se me necesita, que alguien —las lágrimas comenzaron a aflorar a sus ojos—... que alguien sufrió mucho, muchísimo, a completa merced de los locos y que yo no estuve ahí para ayudarlo. ¿O será que me quiero poner en el lugar de Dios y alterar el curso normal de las cosas en este mundo que, como Cristo mismo dijo, es el reino del demonio?

—No, el curso normal de la vida no es el del sufrimiento. Dios nos quiere felices, sobre todo a los niños...

—¡Los niños! Por ellos sufro más. Cada niño o niña que es lastimado...

—Es la peor manifestación del mal. El Diablo ataca a los más queridos por Dios para demostrar que no está dispuesto a que la humanidad comparta el Reino, para enfatizar que quiere instalar el infierno terrenal.

—Pero, ¿de qué estamos hablando? —exclamó ella—. ¿Hablamos del Diablo, con patas de cabra, con cuernos? Ése es un fauno, que la mitología católica tomó de los griegos...

—No, Amanda —dijo Ernesto con énfasis—, el Diablo no es un ser, es un fenómeno, es un pensamiento y una acción. Es una obsesión egoísta instalada en la mente de ciertos seres desprovistos de amor, de instinto de conservación y sin sentido gregario. Es la compulsión de los desterrados del amor.

Guardaron silencio unos segundos viéndose a los ojos. Ella parecía estarse agitando internamente dominada por una idea torturante. Al fin habló, con la voz de una condenada a muerte.

—¡Pero ayer yo lo vi!

—¿Cómo?

Ella platicó su terrible experiencia.

Tras meditar unos momentos, Ernesto quiso ir al grano:

—Necesitaba verte porque tengo el presentimiento de que algo terrible va a pasarte si sigues viviendo ahí. Sentí, efectivamente, a la hora que aquello te sucedió, que estabas enfrentándote a algo que no controlas, una parte de ti que... puede llevarte a la locura o a la muerte.

—Pero mi guía espiritual dice que no debo demostrarle miedo al mal, por eso no salí de mi departamento. Pude haberme ido con mi mamá, pero tenía que enfrentarlo...

—No, Amanda, aún no estás preparada. Tienes que fortalecerte espiritualmente, y entonces... Mira, yo he seguido un largo camino de fortalecimiento espiritual y puedo hacer ciertas cosas contra los malos. Corro menos riesgos, estoy como protegido por seres espirituales, sin embargo, no soy del todo inmune. Pero, espera, ahora algo me dice que es mejor que no vuelvas ahí.

—Entonces, ¿a dónde voy a ir?

—¡No sé! —Ernesto estaba perdiendo el control de sí y sus facciones parecían estar siendo deformadas por fuerzas extrañas—. ¡Ve con tu madre! ¡Renta un cuarto!

Amanda lo miró asustada. Él lo notó.

—Dios, Dios, perdóname. Yo… estoy muy apenado…

—Pero… ¡te estabas transformando en otro!

—Disculpa, pero debes convencerte de que el mal ataca sobre todo a quienes aspiramos a servir a nuestros semejantes.

De pronto el joven comenzó a palparse el abdomen, haciendo un rictus de dolor.

—Santo Dios, ¿qué tienes? ¿Quieres que vayamos a ver a un médico?

Ernesto negó con la mano. Momentos después pasó el malestar.

Al seguir charlando, él se enteró de que posiblemente la bestia había rondado por el cuarto de Amanda mientras ella dormía.

—Por favor, no eches en saco roto lo que te he dicho del peligro que corres —insistió Ernesto.

Al despedirse, Amanda se dirigió a casa de su mamá, donde estuvo hasta la noche. Luego, sin saber qué hacer, se despidió y salió a la calle. ¿Volvería a su departamento?

Estaba parada aún frente a la casa de su madre cuando recibió una llamada en su celular. Era Gabriel, quien le avisaba que Ernesto estaba internado, muy grave, y le había encargado que se mantuviera en contacto con Amanda; que no la descuidara ni un segundo.

—Pero, ¿qué tiene? —preguntó ella, preocupada.

—Un dolor abdominal terrible. Los médicos están tratando de hallar la causa. Pero, ¿sabes por qué me pidió que te cuidara?

—Bueno, yo…

Gabriel la interrumpió.

—Está inconsciente y se está agravando. Los pronósticos de los médicos son malos. Bueno, nos mantenemos en contacto. Estoy en la sala de espera. Sabes que él no cuenta con parientes y yo… Bueno, le debo una.

Amanda quedó consternada. ¿Sería Ernesto víctima de fuerzas del más allá?

Ahora creyó estar segura de que debía enfrentar a la manifestación del mal en su propia casa, en lugar de fortalecerlo con su miedo. Intuyó que el ser aterrador de sombras que había visto la noche anterior era el mismo que estaba minando la salud de Ernesto, su protector y amigo.

—Voy a vencerte y a hacer que dejes en paz a ese joven tan valiente —murmuraba Amanda al girar la llave para entrar a su departamento. Iba a empujar la puerta cuando ésta fue jalada violentamente hacia adentro, casi haciéndola caer.

—No te tengo miedo —se dijo la mujer.

Sonó el teléfono y se sentó a contestar sin cerrar la puerta. Era preferible dejarla abierta, por si acaso. No quiso darse cuenta de que su temor estaba creciendo a niveles alarmantes.

—¿Sí?

Escuchó sólo palabras ininteligibles e interferencia.

—¡Bueno! ¿Quién habla?

Se disponía a colgar, sintiendo que el frío recorría su espalda, cuando, de súbito, la puerta se cerró y se apagaron las luces.

Amanda lanzó un alarido que no escuchó nadie, pues en ninguno de los departamentos próximos había gente por el momento.

Gabriel estaba intentando comunicarse con ella.

—Suena ocupado y ocupado.

Trató marcando al celular de su asistente, pero extrañamente, aunque éste estaba prendido, no tenía señal.

Gabriel quería comunicarle a la joven que Ernesto acababa de fallecer por causas desconocidas y que sus últimas palabras fueron que le dijera a Amanda que no volviera a su departamento por nada del mundo.

Muy preocupado, Gabriel se dirigió al domicilio de ella, en las proximidades del cual la encontró corriendo como si hubiera perdido la razón, diciendo cosas como:

—¡La bestia se lo llevó! ¡Yo lo vi, vi cómo arrastraba su alma!

Gabriel descendió de su auto y la tomó de los hombros, tratando de calmarla.

—¿Qué te pasa, Amanda? ¿De qué hablas?

—Oí sus lamentos, llevaba la cara muy triste.

—¿A qué te refieres? Oye, entra a mi auto. Te llevaré a la casa de tu madre.

Mientras la chica se sentaba, con las manos cubriendo medio rostro, seguía diciendo:

—Es que no venció a sus demonios. ¡Imaginaba violarme, el maldito! Leí su mente ¡Y yo no venceré a los míos! ¡El Diablo existe, sí, es real!

Quienes han investigado el caso, suponen que Ernesto en realidad murió por haber comido algo en descomposición y que Amanda era capaz de mover los objetos con su mente, de manera involuntaria. Es decir, podía producir telequinesis en estados alterados, de ahí que los objetos cambiaran de lugar o que las puertas se abrieran y cerraran solas. Pero queda una cuestión abierta: ¿y qué sucede con la silueta terrible que afirma haber visto?

Voces del más allá

Era noche cerrada cuando la pequeña Carmen, de seis años, despertó para ir al baño.

—¿Me acompañas? —dijo a su hermana mayor, Claudia, de 17, que dormía a su lado.

Nada imaginaban de lo que se avecinaba.

Sus padres y sus otras dos hermanas y hermano dormían profundamente.

Claudia encendió la luz del pasillo y se recargó en la pared, viendo entrar a su hermanita en el baño, que quedaba inmediatamente a la derecha.

Al fondo, a la izquierda, estaba el cuarto de sus padres, y enfrente el que compartían Rosa y Daniela con Erick, el más pequeño de la familia.

Claudia bostezaba viendo el reloj: eran justo las tres de la madrugada.

Todo parecía normal en esa noche silenciosa, pero... de pronto, se oyó nítidamente una voz extraña dentro del baño:

—Caaarmen... Caaarmen...

Claudia se apresuró a preguntar, pegándose a la puerta del baño, pero sin atreverse a abrir:

—Carmen, ¿qué te pasa? ¿Qué tienes?

—¡Ay, mamá! ¡Ay, mamá! —Carmen se apresuró a salir—. ¡Claudia!

Ambas pudieron oír de nuevo el temible llamado dentro del baño, que seguía con la luz encendida:

—Caaarmen...

Era una voz gruesa, cascada, como salida del más allá.

Claudia abrazó fuertemente a la niñita y la hizo entrar en el cuarto, para cerrar inmediatamente después. Encendió la luz. El foco del baño también estaba prendido, pues no se habían atrevido a entrar de nuevo a él.

Esperaron unos segundos, y una vez más esa voz hueca resonó al otro lado de la pared. La niña lloraba entre los brazos de Claudia. Tras varios minutos de silencio, pudo hablar:

—Yo primero creí que fuiste tú la que me habló —decía Carmen entre sollozos.

La jovencita no pudo contestar. Seguía con los nervios destrozados y estrechó aún más a la pequeñita, como para protegerla de cualquier mal que pudiera sobrevenirle.

—Claudia, ¿y si despertamos a papá? —dijo ahora con más miedo la niñita.

Todo parecía estar en calma. Claudia, no obstante, seguía atenta a cualquier ruido.

—¡Eras tú, no te hagas! —reclamó la niña, ahora más serena.

—No, ¿cómo crees? ¿Qué no escuchaste de nuevo esa voz cuando las dos ya estábamos juntas?

La chiquilla, que no había sentido tanto miedo en toda su vida, confundía las cosas en su mente.

—Ha de haber sido... el aire —dijo ahora Claudia, que no podía concebir un hecho sobrenatural como aquél—. Ajá, eso fue. Quizá como está abierta la ventana del baño, entonces... Pero, ¿de veras ya estás bien?

—¡Creo que sí!

Tras unos minutos la chiquilla volvió a quedarse dormida. Claudia la arropó y cuando empezaba pararse para ir a apagar la luz, oyó claramente desde dentro del baño otra vez esa voz espantosa, odiosa, terrible, que llamaba:

—Caaarmeeen.

La niña, aunque ya roncaba, inmediatamente tuvo un sacudimiento en sus piernas y bracitos e hizo un gran puchero. Esa voz era de alguien que estaba ahí al lado, en el baño pequeño y bien iluminado.

Entonces Claudia se llenó de valor y fue a ver. Pero nada descubrió a simple vista. Tomó un viejo tubo oxidado y con él descorrió la cortina plástica de la ducha, que de hecho era semitransparente, y nada vio tampoco ahí. Entonces, temblando, volvió al lado de su hermana.

En cuanto empezó a clarear, el padre se levantó para irse al trabajo.

Se molestó mucho por hallar encendidos los focos del baño, del pasillo y del cuarto de las dos niñas. Se disponía a regañar a Claudia, quien dormitaba con la espalda recargada en la pared y las piernas recogidas.

En cuanto sintió la presencia de su progenitor, la chica se echó a llorar y le contó todo. El señor se quedó pensativo y recordó una experiencia similar ocurrida hacía unos años, cuando sólo habían nacido Claudia y Rosa, la mayor. Las bebitas dormían en la sala y el señor y su esposa leían, él el periódico y ella una novela, cuando del fondo del pasillo que daba a su habitación, empezaron a surgir voces, como de gente que estuviera platicando ahí. Pero no parecía una plática de personas comunes, sino que eran como voces malignas, rasposas. Inmediatamente se puso alerta y su esposa, espantada, gritó:

—Válgame Dios, ¿qué será? ¿Serán los vecinos?

—No, no están —respondió él—, clarito se oye aquí mismo en el pasillo.

El hecho duró bastantes minutos, durante los cuales el espantado matrimonio aguzó el oído para tratar de entender algo de esa charla.

Por supuesto, también se hicieron conjeturas para tratar de entender ese fenómeno: ¿eran voces de ultratumba, de almas en pena? ¿O sólo el eco de pláticas que en otros tiempos habían tenido lugar ahí?

El hombre se decidió a prender la luz del pasillo y aproximarse.

—Con cuidado —susurró su esposa y pensaba en cómo sacar de ahí a las bebitas dormidas, por si surgía algún peligro.

El valeroso señor se detuvo a tan sólo unos pasos de aquella plática aterradora y trató de distinguir los tonos de las voces y el significado de las palabras, más parecía ser un idioma no humano el que hablaban aquellos seres invisibles.

Finalmente, la plática fue apagándose, pero dejó al matrimonio con una inquietud: por el bien de sus pequeñas, ¿no sería mejor irse de ahí cuanto antes? Más las circunstancias no permitieron un cambio de domicilio, y ahora el señor se sentía culpable ante el rostro alterado de Claudia y el sueño inquieto de Carmen, que de vez en cuando agitaba los miembros.

Pero en cuanto tuvieron suficiente edad, los hijos abandonaron esa casa. Al parecer, todos tuvieron experiencias paranormales ahí. El señor falleció y la viuda se ha negado a platicarnos si ha vivido otro hecho sobrenatural en su hogar. Lo que sí es cierto es que constantemente sufre accidentes, que le han ocasionado fracturas en ambas manos y en una rodilla.

El enorme perro negro

Sobre este ser sobrenatural existen varias historias. Pero antes de narrarlas debemos aclarar que la idea general que se tiene es que este enorme can de color muy oscuro es la viva representación del Diablo.

Una noche de mediados de diciembre, es decir, poco antes de la Navidad, don Leopoldo Islas y el joven Rodolfo Cisneros, un par de traileros, se tuvieron que detener al lado de la carretera que lleva a Guaymas, Sonora, para revisar el motor, que llevaba un par de kilómetros haciendo ruidos extraños. Ocupados en su tarea, de pronto escucharon extraños ruidos provenientes de la oscuridad circundante. Rodolfo exploró los alrededores con la linterna de pilas que sostenía en su mano y nada vio durante un par de minutos. Siguieron con su labor de revisar el motor hasta que los interrumpió de nuevo el ruido de breves pisadas. Don Leopoldo, levantó la cabeza y descubrió la silueta de un perro.

—Como no nos ha ladrado, quiere decir que es amistoso. A ver, tú, tráete la caja de galletas y convídale al pobre animal, pues ha de estar hambriento.

—¿Y si es un lobo, don...?

—Qué tarugadas dices. Por aquí no hay de esos animales.

Rodolfo enfocó con la linterna:

—Ay, Dios, pero ¿ya vio qué grande? ¿Pues de qué raza será, don?

De pronto el raro animal erizó el lomo y les mostró sus colmillos, así que, sin comentar nada más, ambos corrieron a la cabina del vehículo y se quedaron observando a la fiera.

De un gran salto, el animal se ubicó junto al tráiler y golpeó con sus dos enormes garras la ventanilla del lado del conductor, es decir, por donde estaba don Leopoldo.

—¡Ah, jijo! Pero ¿qué es eso? Mira qué garras. Ve qué uñotas. Ay, carnal, este animal es cosa del demonio.

—Señor, ¿saco la cámara?
—Sí, hombre, dispárale. Esa foto va a valer oro.

De súbito el vidrio se resquebrajó por una sacudida de esas infernales garras, por eso el chofer se decidió a echar a andar el vehículo.

Durante unos kilómetros el animal los siguió y arañó varias partes del tráiler, hasta que por fin parecieron dejarlo atrás.

Al llegar a Guaymas, a donde debían entregar la mercancía que trasportaban, el checador les llamó la atención sobre lo deteriorado del vehículo.

—A ver, tú —dijo don Rodolfo, pálido de miedo—, muéstrale las fotos que sacaste, pa' que vea éste por qué viene así el tráiler.

Pero al revisar los archivos de la cámara digital, nada apareció sino un vidrio quebrado y la oscuridad que rodeaba la carretera. Sin embargo, don Rodolfo y su acompañante fueron librados de pagar el daño al vehículo, pues, en efecto, las marcas que sobre él había hacían evidente el ataque de una fiera de gran tamaño e inusual naturaleza.

En el estado de México también hubo un encuentro con el enorme animal. Doña Atanasia Robles, afanadora de las oficinas de una gran agencia de viajes, en alguna ocasión, al salir del trabajo muy noche, temerosa de no encontrar un vehículo que la llevara a la estación del metro más cercana, es decir, la de Auditorio, comenzó a caminar sobre la avenida Reforma. Sabía que había el peligro de que entre los árboles surgieran asaltantes, así que afianzaba su paraguas terminado en punta como posible arma de defensa. De pronto, de entre la espesura surgió un gran perro negro y comenzó a seguirla. La mujer, asustada, le arrojó la comida que le había sobrado del lunch y echó a correr.

Al llegar frente al Auditorio Nacional, aliviada comprobó que el animal ya no la seguía, así que entró tranquilamente al Metro. En la estación Toreo abordó su microbús rumbo a casa sin mayor sobresalto. Tras una hora y media de viaje, la mujer al fin arribó a su hogar, en el municipio de Tlalnepantla. Iba tranquilamente subiendo rumbo a su domicilio cuando de repente, de un baldío, surgió el temible perro negro, con el lomo erizado y los ojos refulgiendo, con un color rojo que la señora espantada relacionó con las llamas del infierno. Además, la mujer asegura que entonces percibió un fuerte olor a quemado, sin que en las inmediaciones se viera algo que llameara.

—Ánimas del Purgatorio —dijo de pronto la señora con una voz muy débil—, intercedan por mí, y que salga bien librada de este mal.

La pobre señora intuía que, de retroceder espantada, el fiero can podía saltar sobre ella y destrozarla con sólo un par de dentelladas. De pronto escuchó voces de un rosario que salían de un viejo zaguán y el can desapareció como por arte de magia. Después se enteró que su vecina, doña Eugenia, de pésimo carácter, había pasado a mejor vida.

No se sabe si hay alguna relación entre la aparición del perro infernal y lo que pasó al día siguiente a la mujer, quien, debido a la gran distancia que decía recorrer hasta su trabajo, tenía que salir cuando aún estaba muy oscuro, a eso de las cuatro y media de la mañana.

Salió tratando de no hacer mucho ruido, para no despertar a sus hijos, y al dar la vuelta vio que venía subiendo la calle la vecina que estaban velando en su casa, pero... sin piernas visibles debajo del negro vestido.

La muerta posó sus ojos angustiados sobre doña Atanasia y siguió su camino.

La mujer, espantada, sintiendo que se le congelaba la sangre, aunque tenía agarrotadas las piernas, hizo un gran esfuerzo por volver a su casa. Trató de serenarse.

Tras rezar unos minutos, se asomó a la calle, la cual encontró solitaria. Pensando que ya ningún mal suceso la esperaba, se decidió a salir. La primera cuadra la recorrió sin problemas, pero luego oyó detrás de sí susurros ininteligibles y unos potentes ladridos que excedían con mucho la fuerza de un perro normal. Entonces apresuró el paso, sin querer voltear para nada.

Hasta hoy, doña Atanasia no ha vuelto a experimentar encuentros con seres venidos del más allá, pero está haciendo todo lo posible por poner en paz su alma, para que, cuando llegue el día de partir de este mundo, el Diablo no esté a la espera de su alma.

Desdoblamientos

Narraré la historia del desdoblamiento de una mujer celosa de sus hijos. Pero antes me gustaría señalar que los casos en que una persona puede estar en dos lugares al mismo tiempo no son tan raros como parece y que incluso gente famosa habla de experiencias de este tipo. Pero quizá el caso que es más de llamar la atención es el que vivió el escritor Johann W. Goethe, el célebre autor de **Las cuitas del joven Werther** y de **Fausto**. Lo que más sorprende y, al mismo tiempo, da credibilidad a su relato, es que él siempre se manejo de una manera fría y calculadora, dando peso en todo lo que hacía al pensamiento crítico y reflexivo, propio del científico. Por eso, a pesar de que puso las bases del romanticismo, terminó rechazando esta corriente literaria, porque en ella se ponía al sentimiento por encima de la razón.

Para empezar, en Estrasburgo, en el año de 1771, es decir, cuando el autor tenía apenas 22 años, luego de despedirse de su novia Federica Brion, vio que por la calle venía un jinete. Un gran susto se llevó Goethe al ver que quien se aproximaba cabalgando ¡era él mismo!, pero con una capa gris. Éste era un atisbo del futuro, pues vistiendo exactamente como se vio aquella vez y montado a caballo, Goethe volvió a esa población años después para ver de nuevo a Federica.

Otro hecho asombroso de desdoblamiento se dio con su amigo Federico Rochlitz, en Weimar, en 1774. Una tarde, mientras llovía, Goethe iba con un conocido suyo llamado Klemm de regreso a su casa, donde lo esperaba Rochlitz, quien había llegado empapado por la lluvia, así que la servidumbre le facilitó las zapatillas y la bata de Goethe. Al calor del hogar de la chimenea, el visitante se quedó profundamente dormido. Entonces soñó que iba por el camino de Belvedere, por donde, en realidad, venía el escritor Goethe. Éste pudo ver a Rochlitz y se mostró asombrado de que no le contestara el saludo y de que, con su bata y zapatillas, fuera andando en medio de la lluvia. Rochlitz siguió su camino mientras Goethe creía haber alucinado.

Momentos después, al llegar a su casa, el escritor se quedó demudado al ver a su amigo ahí, vestido tal y como lo había encontrado en la calle. Rochlitz contó entonces su sueño y Goethe la aparición, quedando los dos asombrados. Algo curioso de este caso es que Klemm no había visto a Rochlitz. De modo que parece que sólo las personas con cualidades psíquicas especiales pueden ver tanto a los fantasmas como a quienes experimentan el desdoblamiento de su persona.

Pues bien, en México un caso apabullante de la aparición de un vivo en circunstancias sobrenaturales es el de Gloria Anaya, joven ama de casa quien, luego de que su marido la abandonó junto con tres hijos, decidió irse a trabajar a Estados Unidos, donde le ofrecieron una muy buena plaza como secretaria, y desde ahí mandaba dinero a sus pequeños niños. Pero había jurado que por ninguna razón pediría nada a su ex pareja ni mucho menos dejaría que viera a los niños. Y tanto era su empeño en ello, que se paraba firmemente ante Josué Domínguez, el mal padre, cada que éste llegaba a las puertas del departamentito que había rentado Gloria para sus hijos y su madre, una anciana malencarada, pero abuela ejemplar en cuanto a los cuidados que prodigaba a los tres pequeños. El hombre quedaba siempre de una pieza:

—¿No que te habías ido a Estados Unidos? —decía a su ex pareja—. Pues ¿cuándo regresaste?

Pero la mujer sólo lo veía fieramente y nada contestaba. El señor creía adivinar que el mutismo de la mujer se debía a su enojo, pero era incapaz el hombre de pedir perdón, sobre todo porque no pensaba abandonar a su amante y regresar al hogar. Lo único que deseaba era ver un rato a sus hijos y luego retirarse para seguir su vida de disipación e irresponsabilidad.

Como no podía traspasar la puerta para hablar con la suegra o ver a los niños, el hombre se retiraba sin caer en la cuenta de que había tenido un encuentro con lo sobrenatural.

La madre de Gloria nada sabía de esas extrañas visitas de ella, pues no quería ni asomarse a la puerta cuando sabía por los niños que el mal padre se aproximaba al departamento ni les permitía a las criaturitas asomarse para hablar con él.

Pero tanto para Josué como para la abuela no tardaría en revelarse una verdad difícil de digerir. En una de las visitas frustradas del señor, el más pequeño de los hijos, Jaime, escapó de la vigilancia de su abuela y fue a la ventana. Luego, durante la cena, preguntó extrañado a la buena anciana:

—Oye, abue, ¿y por qué si mamá vino en la tarde, no entró a la casa? ¿Ya trabaja por aquí? ¿Ya va a venir al rato?

La mujer puso cara de asombro y contestó:

—No, hijo, ¿cómo crees que tu madre va a estar aquí? Apenas hace media hora le hablé por teléfono. Ella sigue en Estados Unidos.

Los otros dos niños: Flora, la mayor, y Ángel, el de en medio, se burlaron de su hermanito.

—Pero si yo clarito vi cómo no dejaba que papá se acercara a la puerta.

La señora, mientras pedía respeto por parte de sus otros dos nietos para Jaime e iba a dejar los platos sucios a la cocina, se puso reflexiva. ¿Esa era entonces la razón de que el hombre, aunque se acercaba al departamento, nunca tocaba el timbre?

—Dios mío, ¿le habrá pasado algo a mi hija y su espectro nos visita? Ay, Dios, ¡pero si acabo de platicar con ella! O ¿no habré hablado con un fantasma?

Entonces se decidió a marcar de nuevo el número de la oficina en que laboraba Gloria, en Oakland.

—Pero si se oía tan real —se decía la abuela—: los ruidos de la gente de oficina, las voces. Además, ¿cómo una fantasma va a ponerse al teléfono?

Le indicaron que la chica ya se había retirado a su casa, así que la mujer marcó al departamentito que Gloria había conseguido cerca de su trabajo. Nadie contestó por unos minutos y la anciana temió lo peor, mas al tercer intento la voz cansada de su hija le contestó:

—Mamá, perdona, es que estaba muy cansada y me quedé dormida. ¿Qué querías?

La señora dio cualquier excusa de esta llamada y colgó. De inmediato fue a ver al menor de los niños. Lo tomó de los hombros y lo vio directamente a los ojos.

—¿Estás seguro que viste a tu mamá aquí afuera?

El niño, temiendo un regaño, sólo afirmó con la cabeza.

Entonces la señora tuvo una idea:

—¿Te acuerdas como venía vestida?

—Sí —y el niño la describió.

—¿Sabes qué? Voy a volver a llamarle a tu madre.

El niño, extrañado, se quedó a escuchar la plática.

—Oye, Gloria, perdona que te llame otra vez, pero quiero saber cómo te fuiste vestida hoy a la oficina.

—¿Qué? Ay, mamá, ¿qué te pasa?

—Anda, hija, dime qué traías puesto.

La descripción que dio Gloria coincidía perfectamente con lo que había dicho Jaimito.

—¡Válgame Dios! —exclamó entonces la señora y explicó el asunto a su hija.

—Pero eso es imposible.

—¿No te sentiste mal hace unas horas?
—No, no, sólo mucho coraje contra Josué, pensando en que podía estar intentando ver a los niños.
—Y ¿cuántas veces te has sentido así?
—Pues casi todos los días.
—Ay, hija, bendito sea el cielo que te permite cuidarnos desde tan lejos.

No hubo necesidad de más desdoblamientos, pues Josué dejó de hacer sus visitas cuando comprendió que se enfrentaba a un espectro. Y lo dedujo gracias a que un conocido le dijo que Gloria no había vuelto para nada a México desde que se había ido a Oakland y, además, que por su eficiencia la iban a ascender de puesto, por lo cual no planeaba venir en un buen tiempo.

Josué no quería volver a enfrentarse a lo sobrenatural impulsado por su escaso afecto a sus hijos. Pensó en un posible peligro: ¿no habría hecho Gloria un pacto con el Diablo para permitir a un ser demoniaco parecido a ella cuidar la puerta del departamento aquel?

La razón de tales apariciones sigue en el misterio, pues aunque quien nos refirió esta historia afirma que Gloria siempre ha sido una buena madre y que por ninguna razón mezclaría al Diablo en sus asuntos de familia, siempre queda la duda. O ¿usted conoce completamente lo que hay en el interior de quienes lo rodean?

El exorcismo de Anneliese Michel

Este caso ha dado la vuelta al mundo y ha inspirado algunas películas, entre ellas la titulada **El exorcismo de Emilie Rose.** Como recordarán quienes disfrutaron esta interesantísima película, la joven víctima de los poderes demoniacos veía caras infernales por casi todos lados, como si mirara a través del aspecto normal de ciertas personas y descubriera lo negras que tenían sus almas. Y no sólo eso, la joven estudiante, quien en realidad se llamaba Anneliese Michel, veía y escuchaba en el campus de la Universidad de Würzburg, Alemania, seres salidos del averno y oía voces sobrenaturales.

Había nacido en una población de Baviera, Alemania, y su familia era muy católica, pero se enfrentaron con algunas dificultades al tratar de encontrar alivio para la chica. Suponiendo que ésta era dominada por algunos demonios (Anneliese decía que eran seis), platicaron con algunos exorcistas, pero algunos hacían caso al diagnóstico que los médicos dieron en 1968, cuando Anneliese tenía sólo 16 años: suponían que sus frecuentes ataques y las voces extrañas y graves que salían de ella no eran sino síntomas de epilepsia. Pero el parecer de la ciencia no convencía a sus padres, pues ellos mismos habían sido testigos de hechos extraños en el hogar cuando Anneliese era víctima de convulsiones y hablaba con un tono distinto al habitual. Por ejemplo, en las terribles circunstancias que referimos, los señores habían visto extrañas sombras por las paredes de la casa

Pese a ello, los exorcistas de la Iglesia católica insistieron en que en realidad no estarían seguros de que Anneliese estaba poseída hasta que no se presentaran señales claras de intervención demoniaca, como la xenoglosia (hablar en lenguas que desconocía) o alterar las leyes de la naturaleza, como, sin que hubiera contacto físico de por medio, mover cosas o dañar a las personas que se hallaran cerca de ella; además, debería demostrar completa aversión a objetos religiosos. Sobre todo en este último caso, era evidente la contradicción entre las actitudes de la chica y la supuesta posesión diabólica, pues Anneliese adoraba hincarse ante la imagen de la Virgen o ante un crucifijo, y lo hacía tantas veces que, tras su muerte, algo que sorprendió a los médicos fue que sus rodillas estaban destrozadas.

Durante una época su cordura pareció haber sufrido serios daños y se le ingresó en un hospital psiquiátrico. Pero la fe de

Anneliese en la protección de la Virgen María y en el amor de Dios, le permitieron salir de ahí al poco tiempo e ingresar a la universidad. Pero ahí, como se ha mencionado, seguían siendo frecuentes para ella las apariciones de seres con rostros deformados por la maldad.

Soñaba con ser maestra, pero sabía que no conseguiría el título si la gente se enteraba de sus extrañas visiones, así que en uno de sus trabajos escolares, titulado *El tratamiento del miedo como una tarea educativa de religión (Die Aufarbeitung der Angst als religione-Pädagogische Aufgabe),* manda mensajes ocultos pidiendo ayuda a quienes quisieran entenderla.

Durante un tiempo, en compañía de su familia, visitó lugares sagrados buscando respuestas a lo que le sucedía, hasta que en una ocasión, atravesando el parque que estaba cerca de su casa al lado de su amigo Peter, la misma Virgen María se le reveló a la chica y le transmitió el mensaje de que tenía que enfrentar al Diablo. Según refirió la mamá de Anneliese, la Madre de Dios le transmitió el mensaje de que sufría mucho porque en esos tiempos muchas almas iban al infierno y que la joven debía ser ejemplo de buena católica.

En 1973, el párroco Ernst Alt, que había cobrado fama como experto exorcista, accedió a ayudarla. Apegado al *Rituale romanum,* que, en latín, daba las reglas para expulsar a Satanás y los ángeles caídos, consiguió información importante acerca de lo que le pasaba a la chica: sucedía que, por ser una buena católica, la habían poseído los espíritus malignos de Caín, Nerón, Judas Iscariote, Lucifer, Hitler y un profanador de tumbas, que se alternaban con otros seres maléficos para torturarla y hacerla renegar de su fe. Aquí debemos anotar que tras darse el caso de Anneliese Michel, el texto del *Rituale romanum,* descuidado por la Iglesia católica desde principios del siglo XVII, fue traducido a casi todos los idiomas.

Las sesiones dirigidas por el exorcista duraron todo un año y fueron grabadas para tener un testimonio, muy inquietante, por cierto, de la veracidad de esta posesión diabólica. En la siguiente dirección de internet, se pueden ver fotos de aquellas sesiones y oír los aterradores ruidos y voces demoniacas que salían de la garganta de Anneliese durante las mismas: http://www.youtube.com/watch?v=x4n9vK0_mdk#. Ahí se escucha claramente cómo los demonios dicen "nine" (no) a los requerimientos del cura de que deje en paz a Anneliese.

Pese a los esfuerzos del párroco, los resultados no fueron los esperados. Víctima del poder de los seres que la habitaban, Anneliese Michel dejó de comer. Insistía en que los espíritus maléficos la lastimaban si intentaba hacerlo. Así, fue perdiendo peso y debilitándose gradualmente.

Durante los días previos a su muerte, los crucifijos de la casa, según palabras de sus padres, daban vueltas sin que nadie los tocara y los espejos se rompían sin explicación alguna.

Anneliese murió de inanición el 1 de julio de 1976, pesando tan sólo 31 kilos. En realidad era muy joven: faltaban dos meses para que cumpliera los 24 años. Antes de expirar, tomando con firmeza las suaves manos de su madre, le expresó con un hilito de voz:

—Mamá, tengo mucho miedo.

Su angustia ante todo era causada por ignorar su destino luego de que muriera: ¿Su alma había sido ganada por las huestes del infierno, o bien, su entereza y lealtad a la Iglesia católica, pese a las torturas que recibía de los demonios, la hacían merecedora del Cielo? Después de todo, ¿acaso no fue su fe inquebrantable similar a la demostrada por Job, quien no dejó de amar ni respetar a Dios tras perder todas sus posesiones materiales, su salud y hasta su familia? En realidad nada puede saberse. Lo que parece ser cierto es que la familia de la chica no volvió a tener contacto con fuerzas salidas del infierno después de la muerte de la valerosa Anneliese.

Índice

Los fantasmas de la Marquesa 5
Las monjas adimensionales 7
La niña fantasma de Guanajuato 11
El aterrador grito de la Llorona 18
El perro pateado por un fantasma 23
Golpes del más allá 24
Los difuntos se comunican con los vivos 26
Cuando se sube el muerto 28
Cómo correr al muerto que se encima 35
Cuando jalan las cobijas 36
El extraño ser de la huerta 39
La nahuala en la niebla 40
El monte de las brujas 46
El espectro de la piedra 51
E-mails de ultratumba 54
La extraña mujer de negro de la carretera México-Toluca 57
Los avisos de ultratumba 58
Las cargas de los muertos 61
La ouija maldita 63
Puertas que se abren y se cierran solas 70
Voces del más allá 80
El enorme perro negro 84
Desdoblamientos 87
El exorcismo de Anneliese Michel 91

Esta obra se terminó de imprimir en enero de 2013
en los talleres de Edamsa Impresiones S.A. de C.V.
Av. Hidalgo No. 111, Col. Fracc. San Nicolás Tolentino,
Del. Iztapalapa, C.P. 09850, México, D.F.